JN154693

日本文学気まま旅

その先の小さな名所へ

浅見和彦

三省堂

装　丁◇株式会社グローブグラフィック
写　真◇浅見和彦（＊印は除く）
ＤＴＰ◇株式会社双文社印刷

目次

○本書掲載の古典原文は、『新編 日本古典文学全集』（小学館）を参考にしました。ただし、P108〜109『坊っちゃん』は『夏目漱石全集』（ちくま文庫）に拠っています。
○古典原文に対応する現代文は、筆者による書き下ろしです。
○本書の写真は、＊印のものを除き、全て筆者による撮り下ろしです。
○「一口旅案内」は、訪れる際のめやすとして、経路の一例を示したものです。

カバー写真●宍道湖（島根県）

はじめに

ヨーロッパでは、妻は夫の許可が無くては家から外へ出ない。日本の女性は夫に知らせず、好きな所へ行く自由を持っている。

（『日欧文化比較』）

永禄五（一五六二）年にパードレとして、初めて日本を訪れたルイス・フロイスの記述である。ポルトガル人のフロイスにとって、日本の女性が家族に、夫に、だまってどこかに旅に行ってしまうことが大変な驚きであったのだろう。今、隆盛をきわめている女子旅の原型である。

日本は古来、旅好きの民族である。平安時代、鎌倉時代、江戸時代、あまたの旅行記が綴られている。その国民性は現代にまでつながる。本、雑誌、テレビでは旅行本、旅行番組がいっぱいだ。

かつて江戸と京都の旅はどのくらいかかったのか。人にもよる、時代にもよるが、だいたい十日から二週間というのが一般的であったようだ。今では新幹線で二時間半程度、リニアが開通すれば、大阪までは一時間余りで行ってしまう。起点から終点までアッという間に着く。それは素晴らしいことに違いないが、途中の町や景色に目を向けることはまずない。素通りせざるをえないのが実情である。

日本全国、美しい風景であふれている。どこへ行っても素晴らしい景観や歴史と出会うことができる。

ちょっと知らない土地に行って見よう。

ちょっと知らない物語にふれて見よう。

それが本書のねらいである。

小さな名所絵図
16 小樽
4 十三湖
51 岩屋堂
11 平泉
38 高田松原
50 最上川
24 広瀬川
19 直江津の浦
15 白河の関
28 大渡橋
47 巴波川
32 筑波山
5 氷川神社
18 犬吠埼
40 東京ステーションホテル
25 ホテルニューカマクラ
10 猿橋
7 諏訪湖
13 修禅寺

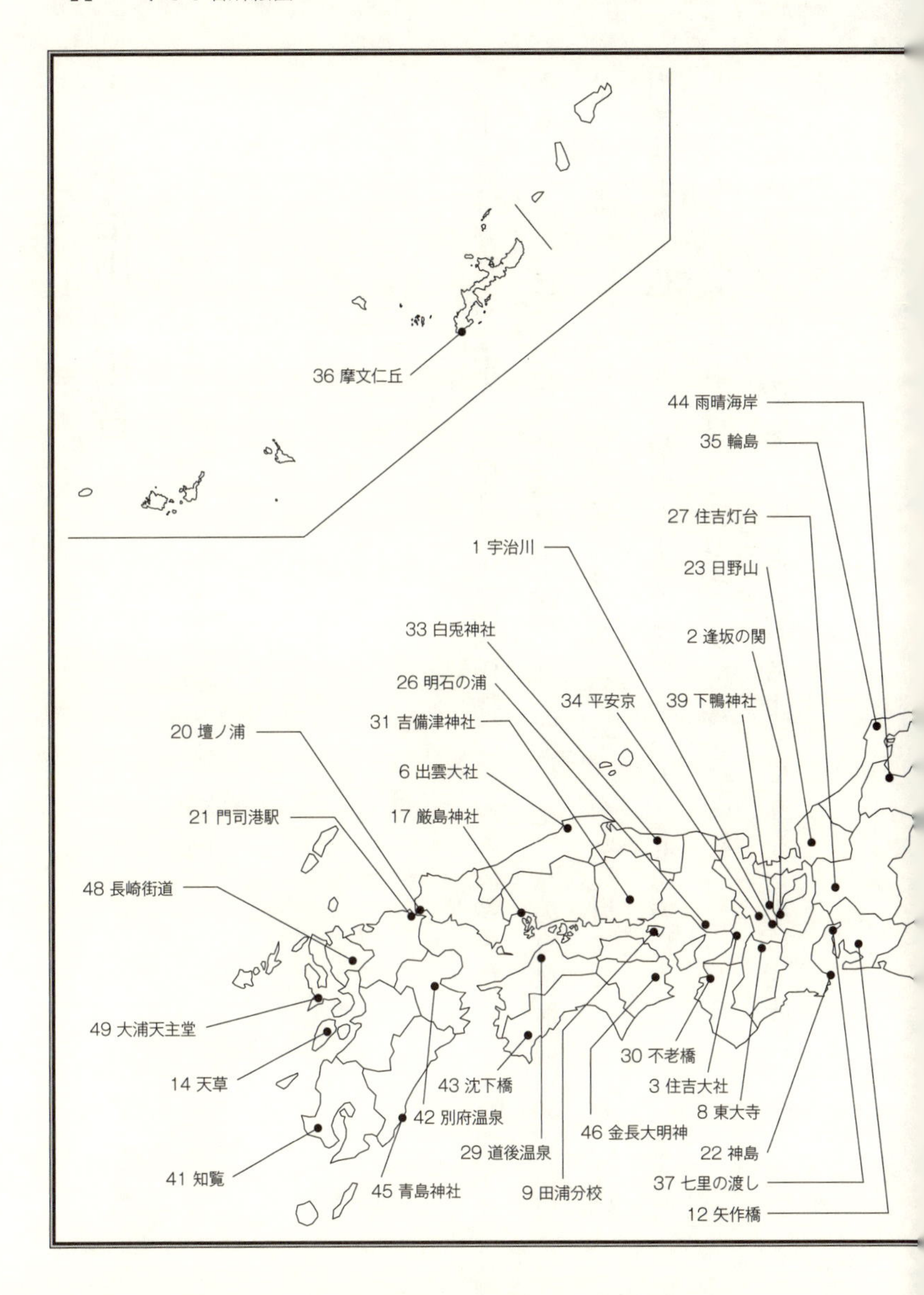
36 摩文仁丘
44 雨晴海岸
35 輪島
27 住吉灯台
1 宇治川
23 日野山
33 白兎神社
2 逢坂の関
26 明石の浦
34 平安京
39 下鴨神社
20 壇ノ浦
31 吉備津神社
6 出雲大社
21 門司港駅
17 厳島神社
48 長崎街道
49 大浦天主堂
14 天草
30 不老橋
43 沈下橋
3 住吉大社
42 別府温泉
8 東大寺
46 金長大明神
29 道後温泉
22 神島
41 知覧
37 七里の渡し
45 青島神社
9 田浦分校
12 矢作橋

1　宇治川の川音

——京都・宇治川

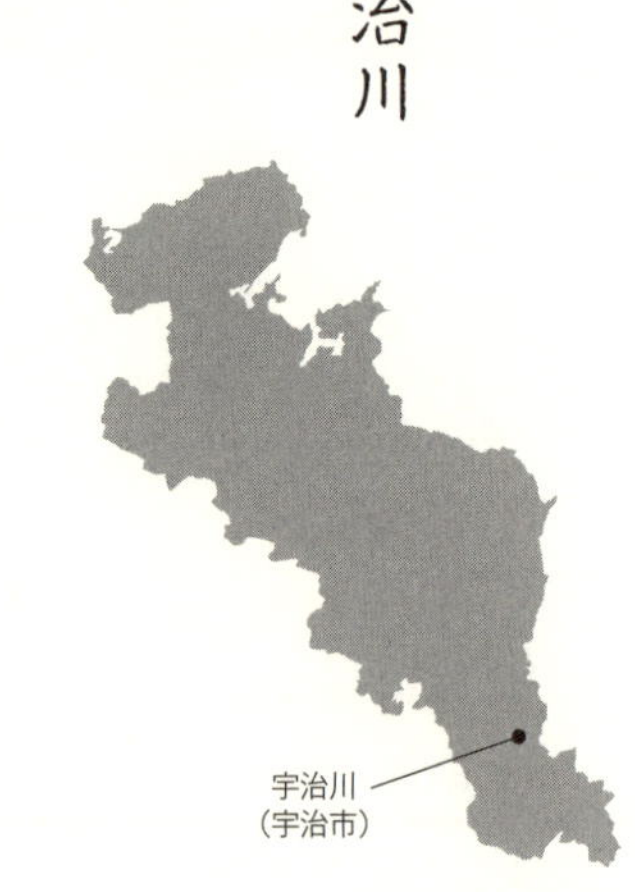

平等院で有名な宇治（京都府）。『源氏物語』の最後の舞台となった場所である。宇治には八の宮と呼ばれる人物が住んでいた。八の宮は桐壺帝の第八皇子、光源氏の弟という尊貴な身分であったが、不遇な日々で、宇治の山荘に引き籠もり、仏に仕える静かな生活を送っていた。北の方に先立たれ、遺された娘二人〈大君と中君〉とひっそりと暮らしていた。

その八の宮の許を薫がしばしば訪れるようになる。薫は光源氏の子となっているが、実は源氏の正妻、女三宮と柏木との間の不義の子。そんな暗い出生を背負ったためか、薫は道心深い八の宮の人柄に惹かれていく。二人の娘も美しい女だった。薫は思慮深い姉の大君に強く惹かれる。八の宮の死後、薫は大君に結婚を迫るが大君は拒否し、やがて病死してしまう。中君も匂宮（光源氏の孫、薫の親友）と結ばれており、薫は失意の日々が続く。

そんな中、大君らの異母妹の浮舟の存在を知り、宇治にひそかに隠れ住まわせる。しかし、彼女の噂を聞いた匂宮は早速、浮舟の許に通う。やがて事は露顕、板挟みとなった浮舟は苦しむ。彼女の耳には荒々しい宇治川の川音が鳴り響く。事態はいよいよ窮迫、ついに浮舟は宇治川へと歩みをすすめる。『源氏物語』の掉尾を飾る悲しい恋物語である。

悲劇の舞台となった八の宮の山荘跡は平等院の対岸、今の宇治神社、宇治上神社付近かと想定されている。ここでもって、薫は大君に想いを寄せ、大君の死も見取った。二人の男に愛され、懊悩の限りを味わった浮舟は、激しく恐ろしげな音を立てて流れゆく、宇治川をどのような想いで見つめていたのだろうか。

すぐ近くに架かる宇治橋の上から、川の流れを覗(のぞ)き込むと、水は激しく逆巻き、凄(すさ)まじい大音(だいおん)をたてながら流れていく。見ている自分が思わず、引きずり込まれそうな恐ろしさがある。古来、宇治川は水死者が多かった。人喰(く)い川であったのである。

一口旅案内　宇治橋●京阪電鉄・宇治駅下車

15　宇治川の川音——京都・宇治川

宇治川

浮舟の苦悩——『源氏物語』より

〈P16は原文、P17は対応する現代文〉

なほ、我が身を失ひてばや、つひに聞きにくきことは出（い）で来（き）なむと思ひつづくるに、この水の音の恐ろしげに響きて行（ゆ）くを、「かからぬ流れもありかし。世に似ず荒（あら）ましき所に、年月（としつき）を過ぐし給（たま）ふを、あはれと思（おぼ）しぬべきわざになむ」など、母君したり顔に言ひゐたり。昔よりこの川のはやく恐ろしきことを言ひて、「先（さい）つころ、渡守（わたしもり）が孫（むまご）の童（わらは）、棹（さを）さしはづして落ち入り侍りにける。すべていたづらになる人多かる水に侍り」と、人々も言ひあへり。君は、さてもわが身行（ゆ）く方（へ）も知らずなりなば、誰（たれ）も誰（たれ）も、あへなくいみじとしばしこそ思う給はめ、ながらへて人笑へに憂（う）きこともあらむは、いつかそのもの思ひの絶えむとする、と思ひかくるには、障（さは）りどころもあるまじく、さはやかによろづ思ひなさるれど、うち返しいと悲し。親のよろづに思ひ言ふありさまを、寝たるやうにてつくづくと思ひ乱る。

やはり、ここから消えてなくなりたい。このままでは最後には聞くに堪えないことがもち上がる、浮舟(うきふね)の君はそう思い続けている。宇治(うじ)川の水が恐ろしい響きを立てて流れていくのを「こんな急で激しい流れでないところだってありますよ。他所(よそ)と違う荒々しいこんな場所で浮舟が長くお過ごしになっているのを、薫(かおる)大将様は気の毒に思ってくださっているのでしょう」などと、浮舟の母君はうれしげに言っている。昔からこの川の速く恐ろしいこととして、「先ごろは船頭の孫が、棹(さお)を扱い損ねて川に落ちてしまいました。命を落とす人の多い川です」などと女房たちは話している。浮舟の君は、もしもそんなふうにして私の身が行方知れずになったなら、まわりのどの人々も大変悲しいこととしばらくは思って下さるだろうけれど、生き長らえ、世間のもの笑いになるような、いとわしいことになったなら、いつその苦しみは終わるのだろう。そう思い続けていると、身を捨てたいという思いは強まり、妨げるものはありそうになく、全てがさっぱりと思われてくる。でも、また思い直すと、とても悲しい。母君が自分のことを、色々と心配してあれこれ思いめぐらして話している様子を、寝ているふりをして聞いていると、たいそう思い乱れてくる。

2　知るも知らぬも逢いつ別れつ
——滋賀・逢坂の関

「逢坂の関」と聞いて、その場所や由来がすぐ思いつく人はなかなかの古典通である。近江国と山城国、すなわち今の滋賀県と京都府の境に置かれていた古代の関所で、京都から東国への出入り口として、鈴鹿の関（三重県）、不破の関（岐阜県）とともに三関と呼ばれ、重要視されていた関であった。百人一首で、

これやこの行くも帰るも別れては知るも知らぬも逢坂の関　　蟬丸

逢坂の関
（大津市）

と歌われているとおり、「行く人もあり、帰る人もあり、知っている人も、また知らない人も、逢っては別れ、別れては逢う、逢坂の関」であったのである。

逢坂の関は古代の東海道の交通の要衝、あまたの人々、あまたの物資が行き交(か)う場所であった。関の付近には和歌の作者、蟬丸も住んでいたと伝えられ(近くに蟬丸神社が鎮座する)、平安時代には、関寺(せきでら)という大きな寺院もあって、そこには高さ五丈(約十五メートル)の弥勒仏(みろくぶつ)が祀(まつ)られ、関寺大仏として人々に深く信仰されていた。今は、何も遺(のこ)っていないが、長安寺(ちょうあんじ)という寺がその場所にあたると言われている。

「逢坂」を歴史かなづかいで表記すると、「あふさか」である。いにしえの人々はこの「あふ」に様々な意味を込めた。とりわけ人と人の出会い、男女の出逢い、別れを連想させ、幾多の物語の舞台となった。

逢坂山関址

『源氏物語』もその一つ。須磨・明石の謫居から無事帰還した光源氏は、その御礼参りに石山寺に向かう。源氏が逢坂の関を通過しようとした時、牛車十台ほどを連ねた、美麗で上品な一行とすれ違った。一行は空蟬たちで、夫の常陸介とともに常陸（茨城県）から帰京する途中で、ちょうどこの日、逢坂の関を越えようとしていたのであった。空蟬と気付くとすぐさま源氏は和歌を送る。かつて空蟬と源氏は一度逢瀬をかわすことがあった。なんと十二年ぶりの再会であった。空蟬もあの夜のことを思い出すも、今となってはどうすることもできない。彼女は人知れず涙にくれるばかりであった。

『源氏物語』を彩る悲恋の舞台。京阪電鉄の大谷駅近くには、「逢坂山関址」と刻した大きな石碑が建つ。目の前には国道一号線。車の往来が激しい。昔物語を偲ぶのにはちとうるさすぎる。

一口旅案内　長安寺●京阪電鉄・上栄町駅下車

3 海の神に参る橋
――大阪・住吉大社

住吉大社（大阪府）に詣でて、まず目に入ってくるのが、社前の朱塗りの反橋であろう。幼少期に大阪で過ごしていた川端康成はその自伝風の小説『反橋』の中で、

私には反橋がおそろしく高くまたその反りがくうつとふくらんで迫つて来たやうにおぼえてゐます。（中略）

反橋は上るよりもおりる方がこはいものです。私は母に抱かれておりま

した。

と、五歳の時の憶い出を、母の面影を重ねながら綴っている。

朱塗りの反橋は今なお美しい。見る人の目を奪う。しかし、美しいということは怖いことでもある。

さて、反橋を渡り、境内に入ると、第一殿（底筒男命）、第二殿（中筒男命）、第三殿（表筒男命）の社殿が一直線に真っすぐ列なる。第三殿の脇には神宮皇后を祀る第四殿が立ち並ぶ。切妻造妻入り、住吉造りと呼ばれる桧皮葺の深い屋根と空

住吉大社の反橋

に高く突き出た千木（ちぎ）のかたちは、強い意志と静かな緊張感を感じさせる。祭神の底筒男命（そこつつおのみこと）をはじめ三神は海の神とする説が有力だが、オリオン座の三つ星と考える説もあって、こちらの方が魅力的だ。一列に立ち並ぶ社殿の配置は、直列する三つ星の姿を映しとっていると思われるからである。

かつては住吉大社の前まで海が来ていた。古代、住吉社の周りには重要な港がいくつもあった。住吉社の鳥居はその昔、今の厳島（いつくしま）神社（広島県）などと同じく海の中に建っていたのではないかとも言われている。住吉社は海とともにあった。遠い航海に出て、故国に立ち戻ろうとする海の男たちが、方位の大切なしるべとして仰ぎ見ていたオリオンの三つ星を、その祭神として祀（まつ）ったということは十分考えられる。

海の男たちにとって、住吉社は聖地であった。朱塗りの反橋はその聖地に入る重要な入り口であったのである。

一口旅案内　住吉大社●南海電鉄・住吉大社駅から徒歩3分

4　湖の孤独

――青森・十三湖

ジュウサンコ？　あまり聞き慣れない名前かもしれない。ひょっとして食通の人なら、「蜆（しじみ）の名産地」と答えるかもしれない。青森県北津軽（きたつがる）郡市浦（しうら）村、二〇〇五年の合併で五所川原（ごしょがわら）市の一部となった。津軽半島の西海岸、岩木（いわき）川が流れ込み、わずかな水路で日本海とつながる。面積はおよそ一八平方キロ、ほぼ東京都の新宿区の面積と等しい。広大な潟湖（せきこ）である。

かつてここに、西の博多（はかた）（福岡市）と並ぶ大きな港があった。一四世紀から

一五世紀の頃で、当時は十三湊と呼ばれていたらしい。支配していたのは安藤氏で、前九年の役で有名な安倍貞任の子孫という伝承もある。安藤氏は十三湊を拠点に内外の交易を積極的に行った。数次の発掘により能登の珠洲焼、瀬戸焼、高級な高麗青磁などが多数出土しており、その繁栄ぶりが推測される。記録によれば、馬、鳥、海豹の皮、昆布を足利将軍家に献上したり、若狭（福井県）の羽賀寺を再興したりしたことも分かっている。安藤氏は蝦夷地から若狭まで広い交易網を支配していたのである。一族は「日の本将軍」を名乗り、朝鮮との間にも直接の通商を求めたとも伝えられている。

　こうした安藤氏の活動の拠点が津軽十三湊で、「蝦夷船、京船群集し、市をなしていた」という。まさに十三湊は中世の国際港湾都市であったといってよい。

　しかし残念ながら、今は往時を偲ばせるものは何もない。ただ広大な静かな湖が広がるばかりである。逆にその静けさが歴史の深さと遠さを感じさせる。

十三湖と日本海＊（五所川原市教育委員会提供）

太宰治は、

やがて、十三湖が冷え冷えと白く目前に展開する。浅い真珠貝に水を盛ったような、気品はあるがはかない感じの湖である。波一つない。船も浮んでいない。ひっそりしていて、そうして、なかなかひろい。人に捨てられた孤独の水たまりである。流れる雲も飛ぶ鳥の影も、この湖の面には写らぬというような感じだ。（『津軽』）

と、故郷の湖に「孤独」を見てとった。

一口旅案内　十三湖●ＪＲ五所川原駅からバスで90分、「中の島公園入口」下車

5　瓢箪に憧れた姫の願い
——埼玉・氷川神社

二〇〇八年は『源氏物語』千年紀。大いに賑わいを見せたが、実はもう一つの千年紀があった。それは『更級日記』の作者、菅原孝標女の生誕一千年である。彼女は一〇〇八年、京都で生まれ、父の上総介赴任に同行、十三歳の年に父とともに帰京した。一行は上総（千葉県）から都まで、東海道をたどり、彼女は途中、様々な事柄を見聞する。中でも忘れがたかったのが武蔵国の竹芝寺伝説であったようだ。

遠い昔のこと、武蔵国の「竹芝」という男は都に徴用され、宮殿の庭掃きを務めていた。「おらが国の瓢箪（ひょうたん）は、南風吹けば、北になびき、北風吹けば、南になびき……」と故郷のうたを口ずさんでいると、「お前の国に連れてって」と声がかかる。声の主はなんと帝の御娘、皇女さまだった。男は躊躇（ちゅうちょ）するものの、皇女の決意は固い。それならということで、男は皇女を背負い、一目散に武蔵へ向かう。事はやがて露顕（ろけん）、朝廷の使いが武蔵にやってきて、皇女に帰京を促すも、皇女は関東の生活がいいと言って帰ろうとしない。困った朝廷側は仕方なく竹芝に武蔵一国を与えた。国をもらった二人は幸福に暮らし続け、その邸宅は後に寺となり、竹芝寺と呼ばれたという話である。

従来、竹芝寺の所在地は東京都港区の済海寺（さいかいじ）といわれてきたが、近年、埼玉県の大宮説も有力となってきた。その理由の一つは、当時、東京湾は内陸深く入り込み、湿地帯が多かったので、旅行者は大きく北に迂回（うかい）せざるをえなかったのではということと、もう一つは、大宮の氷川（ひかわ）神社の祭祀（さいし）に深く関わってきたのが竹芝の末裔（まつえい）だったという伝承があるからである。氷川神社の近辺には竹芝の館（やかた）跡と伝えられる場所もある。古代関東には尽きない興味があまた存在する。

氷川神社の参道

一口旅案内　氷川神社●JR大宮駅から徒歩15分

姫君の脱走――『更級日記』より

〈P30は原文、P31は対応する現代文〉

その時、みかどの御むすめ、いみじうかしづかれたまふ、ただひとり御簾（みす）のきはに立ち出（い）でたまひて、柱によりかかりて御覧ずるに、このをのこの、かくひとりごつを、いとあはれに、いかなる瓢（ひさご）の、いかになびくならむと、いみじうゆかしくおぼされければ、御簾をおし上げて、『あのをのこ、こち寄れ』と召しければ、かしこまりて高欄（かうらん）のつらに参りたりければ、『いひつることいま一（ひと）かへり、われにいひて聞かせよ』と仰せられければ、酒壺（さかつぼ）のことをいま一かへり申しければ、『われ率（ゐ）て行（い）きて見せよ。さいふやうあり』と仰せられければ、かしこくおそろしと思ひけれど、さるべきにやありけむ、負（お）ひたてまつりて下（くだ）るに、論なく人追ひて来（く）らむと思ひて、その夜、勢多（せた）の橋のもとに、この宮を据（す）ゑたてまつりて、勢多の橋を一間（ひとま）ばかりこほちて、それを飛び越えて、この宮をかき負（お）ひたてまつりて、七日七夜（なぬかななよ）といふに、武蔵（むさし）の国に行（い）き着きにけり。

その時、帝の御娘で、とても大切に育てられていらっしゃる姫君が、一人で御簾のところまで出ておいでになり、柱によりかかって御覧になっていた。庭にいる男が「おらが国の瓢箪は、南風吹けば、北になびき、北風吹けば、南になびき……」と独り言をいっているのを大変興味深く思われ、いったいどんな瓢箪が、どんなふうになびくのだろうかと、とても知りたくなってしまわれた。姫君はご自分で御簾を押し上げて、「そこのもの、ちょっとこちらにいらっしゃい」と、呼び寄せる。男は恐縮しながら御殿の高欄まで参ると、「今言ったことをもう一度、私に聞かせておくれ」と姫君がおっしゃるので、男は酒壺のうたを繰り返してお聞かせする。「私を連れていって、その景色をお見せなさい。私はそれをどうしても見たい」とおっしゃるので、男は畏れ多くも空恐ろしいことだと思いながらも、そういう運命でもあったのか、姫君を自分の背中にお乗せして東国に下った。間違いなく人が追ってくるだろうと思い、その夜、勢多の橋のたもとに姫宮をお置きして、橋を一間ほど壊し、自分はそれを飛び越えて、この姫宮を背負い申しあげて、七日七晩走りずくめて、武蔵の国にたどり着いたのだった。

6 古代の高層建築
——島根・出雲大社

縁結びの神として名高い出雲大社（島根県）には、良縁を願う善男善女が引きも切らない。社殿にかかる巨大な注連縄に向かって、下から硬貨を投げ上げ、その硬貨がうまく注連縄の中に入れば、願いはかなうという。簡単そうに見えて、実は結構難しい。かくいう私も過去にいくどか挑戦したが、一度も成功しないので、あきらめた。

事の成否はともかく、驚かされるのはその注連縄の大きさ。なんと重量は五トンを超える。圧倒される。しかし、これで驚くのはまだ早い。現在の出雲大社の本殿の高さは二四メートル、これだけでも十分高大なものといえるのだが、かつての出雲大社は現在の二倍、四八メートルあったらしいのである。一説によれば、上古はさらにその倍、九六メートルあったともいわれている。九六メートルといえば、現在の三二～三三階建てのビルの高さに相当する。古代にそんな高層建築を可能とするような技術はなかったと疑問視する意見もあるが、かつて東大寺にあった七重塔は百メートルあったとされるし、白河院が京都白河に建立した八角九重塔の高さは八十メートルを超えていたと推定されている。

出雲大社の注連縄

　平安時代、子女のために作られた教科書に『口遊（くちずさみ）』という本があるが、それには、「雲太（うんた）、和二（わに）、京三（きょうさん）」と記されている。「雲太」は出雲大社が一番、「和二」は大和国の東大寺大仏殿が二番、「京三」は京都の大極殿が三番という意味である。平安時代の建物の高い物順の覚え方だ。当時、大仏殿の高さは四七メートル、これより出雲大社は一メートル高いので矛盾はないが、むしろここは大きく九六メートルと考えた方がおさまりもいい。

この『口遊』という本、おもしろい本で、「九九八十一、八九七十二……」と算数の九九計算もすでに載っている。古代日本は建築水準のみならず、教育水準も高かった。

かつての出雲大社〈復原模型〉*
（出雲大社・島根県立古代出雲歴史博物館提供）

一口旅案内　出雲大社●一畑電車北松江線・出雲大社前駅から徒歩15分

7　神々のデート

――長野・諏訪湖

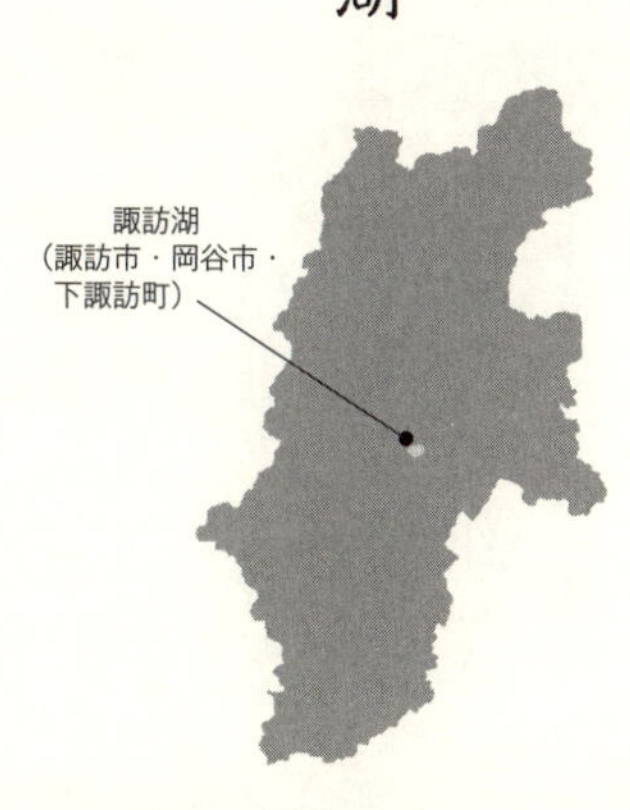

諏訪湖は美しい湖である。

ちょっと小高いところから眺めるとほぼ円形に見える。正確にいえば台形というのが正しいらしいが、湖岸線の出入りもほとんどなく、ゆるやかな曲線の岸辺は見る者に安らぎを与える。平均水深が約五メートル、最大でも七メートル程度。この湖全体の浅さが独特の静かさと落ち着きを醸し出しているのかもしれない。

一、二月の厳冬期に入ると、諏訪湖は全面結氷し、かつては近傍の学童は下駄スケートを楽しんだ。氷の厚さは十センチにもなり、江戸時代には氷上を荷馬が通ったし、近代には戦車も通過したという。マイナス十度以下の日が続くと、氷はさらに厚さを増し、大音響とともに氷がせり上がり、山脈のような氷の道ができる。「御神渡り」である。はやく平安時代から和歌に詠まれ、諏訪に生まれ、諏訪を愛した歌人、島木赤彦も

　空澄みて寒きひと日やみづうみの氷の裂くる音ひびくなり

と、御神渡りを歌っている。

古くからの言い伝えでは、湖畔にある諏訪大社上社の男神、建御名方命が下社の女神、八坂刀売命に通った跡だと言われ、神々の媾合は豊作の予兆として人々に信じられていた。逆に御神渡りの遅い年や、できない年は不作とされた。一九八五（昭和六〇）年くらいまでは毎年のように御神渡りは見られた

諏訪湖の御神渡り*（諏訪市博物館提供）

が、平成になってからは気候の温暖化のせいか、見られる回数も減り、間遠になってきている。

冬はいみじう寒き。（『枕草子』）

（冬はとても寒いのが素敵だ。）

と清少納言がいっているとおり、四季のけざやかな変化があってこそ日本の美しさはあった。暖冬はいただけない。

さて、次の「御神渡り」はいつ見られるのか。

一口旅案内　諏訪大社下社秋宮●ＪＲ下諏訪駅から徒歩10分

8　遅刻した神様のお詫び

——奈良・東大寺

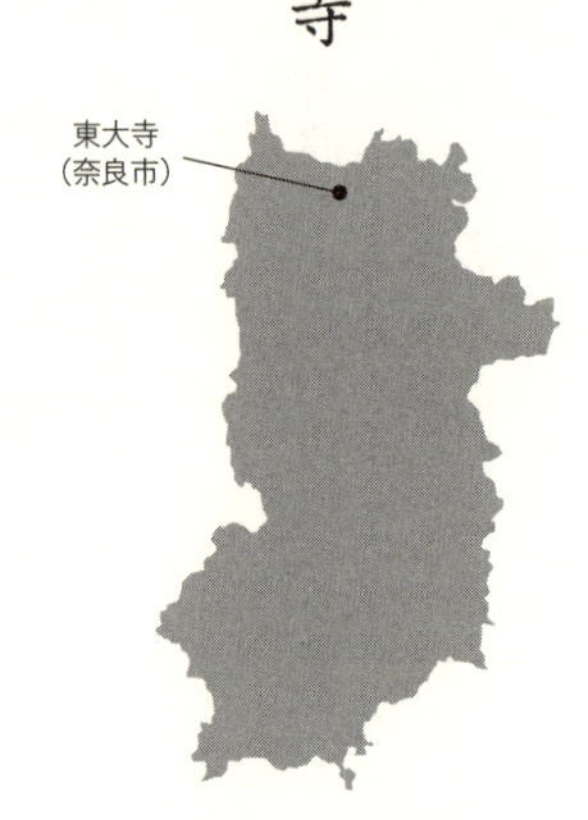

身を切るような寒さの中、東大寺二月堂の登廊を明々と燃え上がるお松明に導かれて、練行衆（僧侶）たちが上堂していく。燃え盛るお松明は舞台を周り、時折くるくると回される。その瞬間、火の粉が下に滝のように落下する。お松明の長さは約六メートル、重さは四十キロにもなるという。奈良時代以来、一度も絶えることなく続いている東大寺のお水取り行事である。

お水取りの正式名称は修二会。本尊の十一面観音の前で罪を懺悔し、「天下泰平、風雨順時、五穀成熟、万民豊楽」を祈る行事である。お水取りという呼称の所以はといえば、三月一三日の午前二時、二月堂前にある若狭井から本尊に捧げるお水を汲み上げることから、お水取りと呼ぶようになったのである。

　これにはおもしろい伝説がある。平安時代に作られた『東大寺要録』という古い本によれば、二月堂で行われている法会に若狭の遠敷明神が遅刻してきた。明神は釣りが大好きで、それに熱中していたあまり、遅くなってしまったというのだ。明神はそのお詫びにということで若狭から霊水を送りましょうと約束した。その途端、二月堂の下から水が突然湧き出した。それが今の若狭井のある所だというのである。

　この話に従い、今も若狭の神宮寺（小浜市）では、三月二日の夜、神水を汲んで近くの遠敷川の鵜瀬に流す。それは鵜瀬と若狭井がつながっているという言い伝えに基づく。地元ではこれを「お水送り」と呼び、今も大切な神事として伝えられている。

奈良と若狭。今でこそ遠く隔たった地域と思われるが、かつて両者の結びつきはとても強かった。畿内地方と北陸。『古事記』によれば、応神天皇も越前(えちぜん)ガニを食べたらしい。

一口旅案内　東大寺●近鉄奈良駅からバス、「東大寺大仏殿・春日大社前」下車徒歩5分

二月堂と若狭井

9 自転車の先生、大好き
――香川・田浦分校

四国の玄関口、高松より船に乗って、小豆島（しょうどしま）に向かう。瀬戸内海はいつも穏やかで美しい。甲板に出ていると、海風がとても気持ちよい。右手に源平の古戦場の屋島（やしま）を見ながら、やがて船は小豆島に着く。およそ一時間ほどの船旅である。

一九二八（昭和三）年四月の新学期、小豆島の岬の分教場に新しい若い女の先生がやってきた。

田浦分校*

リリリンとベルが鳴って「お早う！」と一声、風のように自転車がすり抜ける。村には珍らしい自転車と、それに乗っている洋服を着た女。

子供はあっけにとられて見送り

「ごついな」

「おなごのくせに、自転車にのってやがる」

「あれたいがいおなご先生じゃ思う！」

「なまいきじゃな、ちっと」

壺井栄原作、木下恵介脚本の映画『二十四の瞳』の冒頭部分である。一九五四（昭和二九）年、高峰秀子主演で、一九八七（昭和六二）年、田中裕子（たなかゆうこ）主演で映画化された。

「おなご先生」こと大石先生の担任は一年一組、十二人の生徒たちだ。一人一人、名前を読み上げる先生に、緊張しながらおそるおそる返事をする子供たちの表情がとても印象的だった。生徒は先生にすぐなつき、唱歌にお習字、貝取りに自転車遊び。楽しい分教場の毎日であった。しかし、やがて戦争が始まり、教え子たちは次々と戦場へと向かう。終戦後の同窓会に集まったのはわずかに七人であった。日本映画の名作の一つである。

小豆島にはこの映画の撮影に使われた分教場が二つ残っている。そのうちの一つは一九七一（昭和四六）年まで田浦（たのうら）分校として実際に使われていた木造の校舎だ。

教室の中に入ると、二十四の瞳の生徒たちの声が今にも聞こえそうだった。

一口旅案内　岬の分教場●小豆島のオリーブ・ナビ桟橋から渡し舟で10分

10 猿が体をつないで川を渡るように

——山梨・猿橋

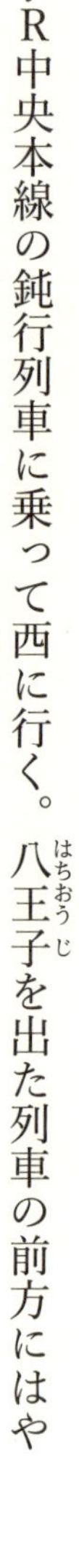

ＪＲ中央本線の鈍行列車に乗って西に行く。八王子を出た列車の前方にはやがて山並みが迫り、まもなく長い小仏トンネルにさしかかる。真っ暗なトンネルを列車はかなり速いスピードで走り抜ける。車内に鳴り響く騒音は睡眠中の乗客には迷惑だが、ふと聞き入っていると現世を忘れさせてしまうような不思議な力を持っている。小仏トンネルの音はなかなかよい。走り続けること約十分、列車はトンネルを抜け、車窓の左には相模湖の美しい姿が広がる。深い

猿橋

山間(やまあい)と桂川(かつらがわ)の渓谷を通り抜け、列車は大月(おおつき)へと向かう。大月の一つ手前の猿橋(さるはし)駅で下車し、甲州(こうしゅう)街道を少し歩くと猿橋である。

猿橋は長さおよそ三一メートル、幅三メートル余りというさほど大ぶりの橋ではないが、架橋方法が独特だ。三十メートルを超える深い谷の上に架けられているため、橋脚を立てることができず、両岸の岩盤に刎(は)ね木を打ち込み、それを四層に重ね合わせ、その上に橋板を張るという方法だ。刎ね木方式とも肘木桁(ひじきけた)方式とも呼ばれている工法で、その独特な工法ゆえ岩国の錦帯橋などと日本三奇橋の一つに数えられている。古い言い伝えによると、七世紀の頃、百済からの渡来人が猿が体をつないで対岸に渡るのを見て造ったともいわれている。その後、いくたびか造り替えられ、現在のものは一九八四（昭和五九）年建造のものである。

錦帯橋のような大形な壮麗さは決してないが、緑につつまれた深い渓谷の橋は、もうそれ自体で一幅の絵のようだ。橋上から下を覗き込むと、碧々とした水が静かに流れ、まさに碧潭と呼ぶにふさわしい光景である。

一九三六（昭和一一）年五月五日、当地を訪れた種田山頭火は、

若葉かがやく今日は猿橋を渡る

とうたった。猿橋には緑がとてもよく似合う。

一口旅案内　猿橋●ＪＲ猿橋駅から徒歩15分

11　北の黄金郷

——岩手・平泉

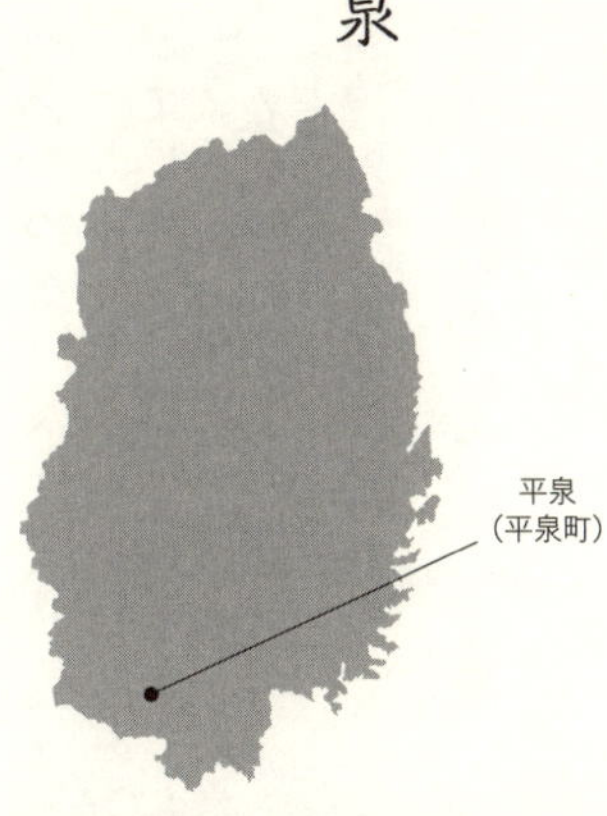

　鎌倉幕府の公式記録『吾妻鏡』によれば、一一八九（文治五）年閏四月三〇日、源義経は藤原泰衡に攻められ、平泉の衣河館で敗死したという。閏四月といえば、今の五月、六月、新緑のまぶしい季節。そんな中、血みどろの戦いは繰り返され、ついに義経は自刃に及んだのであった。享年三十一という若さであった。

　その頃の平泉は奥州随一の大都会であった。藤原三代の初代清衡の中尊寺、二代基衡の毛越寺、三代秀衡の無量光院が立ち並ぶ美しい都であった。中尊寺には黄金の照り輝く金色堂（国宝）、毛越寺には平安時代の浄土庭園が今に遺り、早く国の特別名勝に指定された。無量光院は残念ながらいまは址を残すのみであるが、発掘の結果、宇治の平等院を模した建物で、近くの秀衡の伽羅御所からは本堂の後ろに沈む夕照を眺めることができたという。まさに町全体が極楽浄土を映しとってきたかのような造りであったのである。

近時の発掘調査の結果、中尊寺の北側を流れる衣川の北岸にも大きな町が広がっていたことがわかった。一辺百メートルの区画をもった巨大寺院、長者ケ原廃寺址（ここは長く金売吉次の屋敷址といわれていた）、頑強な堀や土塁で守られた接待館遺跡（義経の居所とも）、北上川、衣川を利用した舟運のための船着き場、市場跡などが次々と発掘された。道路には三キロにわたって桜並木が続き、一大商業都市が築かれていたのであった。義経がいた頃の平泉は殷賑を極めていた。

かねて義経を敬慕していた芭蕉(ばしょう)は奥の細道の旅で平泉を訪れる。時に一六八九（元禄(げんろく)二）年五月。ちょうど義経最後の時節だ。

夏草や兵(つはもの)どもが夢の跡

五月雨(さみだれ)の降り残してや光堂

「五月雨」は今の梅雨である。

一口旅案内　中尊寺●JR平泉駅からバスで10分、「中尊寺」下車

毛越寺の庭園

義経の最期――『義経記』より

〈P50は原文、P51は対応する現代文〉

兼房泣く泣く申しけるは、「御館の入道を頼みて御下りありて、五ケ年を保ち給はぬ事と、若君の御館の御子となり給へると、生まれ給ひて十か日を過ごし給はぬ姫君、前世の宿業と申しながら、うたてかりける果報かな」とて、泣きければ、若君、怪し気にて御目を見合はせ給ひて、何心とは知らねども、泣かせ給ふぞ無慚なる。

さてあるべきならねば、母君の自害の刀をもつて刺し貫く。「わつ」とばかり宣ひて、御息は止まりぬ。判官殿の衣の下に押し入れ奉り、生まれて七日になり給ひける姫君をも同じく刺し殺し奉りて、北の御方の衣の下へ入れ奉る。判官いまだ御息の通ひけるにや、御目を見上げ給ひて、「北の御方はいかに」と宣へば、「はや御自害候。御側に御座候」と申しければ、御側を探らせ給ひて、「これは誰そ」「若君にて御渡り候」と申しければ、御手を差し出だし給ひて、北の御方に取り付き給へば、兼房いとどあはれぞ勝りける。「早々宿所に火をかけよ。敵の近付く」とばかりを最期の言葉にて、こと切れ果てさせ給ひけり。

（五歳の若君に）兼房が泣く泣く申し上げるには、「義経様が秀衡様を頼って平泉に来てから五年を過ごすこともできなかった。若君が義経様の子としてお生まれになった。姫君はお生まれになって十日も生きることがおできにならなかった。どれもこれも前世の宿業といいながら、なんとも哀しい御運命であることよ」と言って泣くと、若君は不思議そうな顔でじっと兼房の目を見て、なんともわからぬままお泣きになる。おいたわしいこと限りない。

兼房はそうもしていられないので、母君の自害なさった刀で若君を刺し貫く。若君は「わっ」とだけおっしゃって、息絶えた。義経殿の服の下にお入れして、生まれて七日の姫君も同じく刀で貫き申して、北の方の服の下にお入れする。義経殿はまだ息がおありであったろうか、目をお見上げになって「北の方はどうした」とお尋ねになるので、「すでにご自害なさいました。お隣においでございます」とお答え申し上げると、義経様はおそばを手さぐりでお探りになる。「これは誰」と聞かれるので、「若君でございます」と申し上げると、お手を差し延ばされて、北の方におすがりになる。兼房は哀しみでいっぱいになる。「早く館に火をかけよ。敵が近づいて来るぞ」を最期の言葉として、義経様は息をお引き取りになられた。

12 橋はあったか、なかったか？

——愛知・矢作橋

「……おいッ」

兵は、呼び起(おこ)してみたが、覚めようともしないので、槍(やり)の石突(いしづき)で、その男の胸のあたりを、

「おいッ！」

と、もう一度、呼び起しながら、軽く小突いた。

眼(め)をあいた男は、槍の柄(え)をにぎって、くわッと、兵の顔を睨(ね)めかえしな

がら、

「なんだッ？」

と、寝たままで云った。

吉川英治作『新書太閤記』の日吉丸と蜂須賀小六の矢作川での有名な出会いの場面である。誰しもこの遭遇は矢作橋の橋上でのことと思って疑わないが、ことはそう単純ではない。なぜなら日吉丸こと豊臣秀吉の頃にはまだ矢作橋はなかったという説が有力だからである。それかあらぬか吉川英治は舞台を橋の上ではなく、矢作川に浮かぶ小舟の上にしている。

歴史の記録によれば、矢作川に初めて架橋されたのは一六〇一（慶長六）年、ただしこの時の橋は土橋で、本格的な木橋となったのは一六三四（寛永一一）年

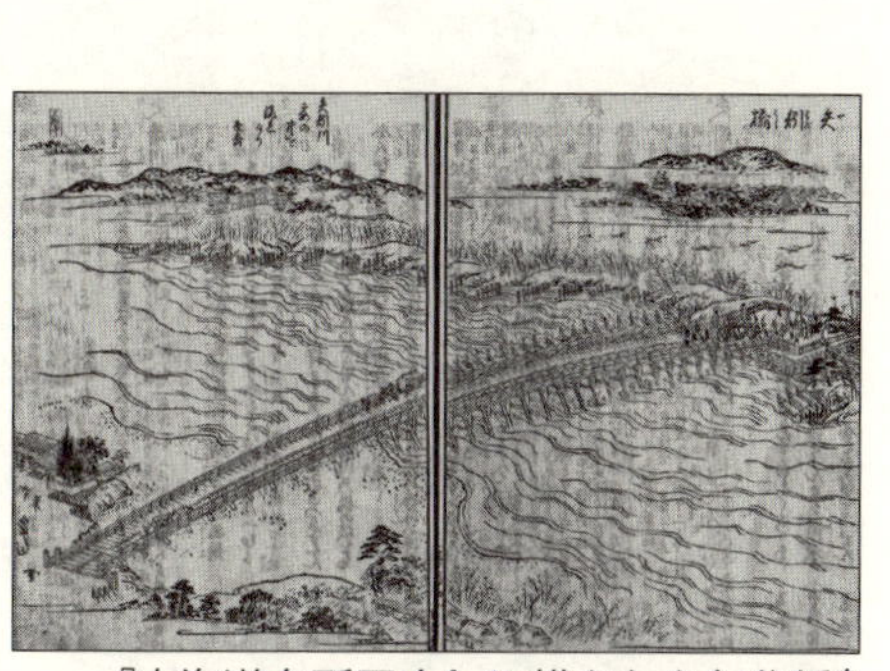

『東海道名所図会』に描かれた矢作橋*
（「国立国会図書館デジタルコレクション」より）

である。秀吉の没年が一五九八（慶長三）年だから、すべては秀吉没後のこととなる。では当時、本当に橋はなかったのか。これはなかなか難しい。秀吉在世のころ、土橋があったという伝承もあるし、『平家物語』でも墨俣川の合戦で敗れた源氏軍は矢作川まで退却、橋をこわして平家の進軍に備えたとも伝えている。

橋はあったか、なかったか？　もう不明としかいいようがないが、確かなことは江戸時代初めごろには矢作川に立派な橋がかかっていたということである。その橋は長さ二〇八間、約三八〇メートル。東海道随一の橋、当時としては日本最大、最長の橋であった。ちなみに京都嵐山にかかる渡月橋は一五四メートル。矢作橋の大きさはずばぬけていた。いうまでもなく岡崎は徳川家康の生誕の地、岡崎城は徳川家先祖ゆかりの名城である。岡崎城をのぞき見る日本一の大橋、矢作橋は徳川の御世を奉祝しているかのように見えていたのではなかろうか。

一口旅案内　矢作橋●名鉄・矢作橋駅から徒歩15分

13 古面に刻まれた母への想い

——静岡・修禅寺

源頼家（みなもとのよりいえ）が鎌倉幕府を率いる立場についたのはまだ十八歳の時のことであった。父の頼朝（よりとも）の急死による突然の交代だった。青年の客気（かっき）か、未熟さか、その治政はいささか乱暴だった。土地争いの解決といって、地図の真ん中に線を引いて境界としたり、大地主から土地を取り上げ、近習に配ろうとしたりした。蹴鞠（けまり）にのめりこみ、はてには家臣の妻を実力で奪い取ろうとしたことさえあった。ついに母親の政子（まさこ）は頼家に出家を命じ、伊豆（いず）の修禅寺（しゅぜんじ）に押しこめてし

まった。頼家いまだ二十二歳、棟梁となってわずか四年余りであった。

修禅寺での籠居生活は寂しかった。そんな寂しさを綴って、母政子に手紙を送ると、今度は手紙を出すことすら禁じられてしまった。孤独さをかこつ頼家は近くの丘の上に登り、鎌倉の空を眺めやっていたともいわれる。修禅寺に残されている異様な古面は変わり果てた自分の風貌を母に知ってもらおうとして、頼家が作ったとも伝えられている。岡本綺堂『修禅寺物語』のきっかけとなった面である。

幽閉から約一年足らずの秋、頼家は入浴中に暗殺された。同時代の歴史書『愚管抄』には、屈強の若者だった頼家はなかなか息絶えず、刺客たちは最後、首に縄をかけ陰嚢を引っこ抜いて、ようやく息の根をとめたと記されている。母方の実家、北条氏の陰謀ともいわれるが、政子自身がこの殺害にかかわっていたかどうかは不明である。頼家没後、政子は修禅寺に釈迦三尊図や経典などを寄進、近くに指月殿という仏殿を建てて、亡き息子の菩提を弔った。頼家は頼朝と政子の間にできた初めての男の子。頼家には長男ゆえの不器用さもあったのかもしれない。修善寺の町には母を慕う子と、子を悼む母の思いが今なおないまざり、漂っているように感じられる。

一口旅案内　修禅寺●伊豆箱根鉄道・修善寺駅からバスで10分、「修善寺温泉駅」下車徒歩5分

修禅寺に残る古面*（修禅寺宝物館蔵）

14 海からの賜り物

——熊本・天草

天草（あまくさ）の上島（かみしま）・下島（しもしま）は四周、海に囲まれている。島の北辺を通る国道三二四号を走っていると、車窓には有明海（ありあけかい）が大きく広がる。点々と浮かぶいくつもの島影、遠くには雲仙普賢岳（うんぜんふげんだけ）も見える。千五百メートル近い山の姿はあたりをはらっているかのようだ。一九九一（平成三）年六月、噴火にともなう大規模な火砕流（かさいりゅう）で多数の人命が失われたことは記憶に新しい。普賢岳はいつ暴れてもおかしくない荒れ山なのだ。

天草
（天草市）

有明海に浮かぶ天草の島々

しかし、天草の海は大きい。普賢岳のそんな険しい山容も一風景として取り込んで、美しい風景を演出して見せてくれる。江戸の後期に同地を訪れた頼山陽(らいさんよう)が、

雲か山か　呉(ご)か越(えつ)か
水天(すいてん)　髣髴(ほうふつ)　青一髪(せいいっぱつ)

（『天草洋(あまくさなだ)に泊(はく)す』）

（あれは雲か、山か、呉か、越か。水平線のかなたには、ほのかに青い一線が見えている。）

と詠んだのは、この天草の海の明るい風景であった。

海は新しい文化と物品を多量に天草にもたらした。なかでもキリスト教と鉄砲は以後の天草の運命を大きく変えていく。次々と来島する宣教師たち、小西行長をはじめとするキリシタン大名の誕生、天草はキリスト教の一大拠点となった。天草学林（コレジオ）も置かれ、天正遣欧少年使節たちが持ち帰った活版印刷機で『伊曽保物語』（イソップ物語）、『平家物語』などが印刷された。天草版とよばれ、貴重な学術資料となっている。

しかし、時代は大きく転換する。キリスト教は禁止、弾圧された。一六三七（寛永一四）年、禁教と苛政に反対して、天草・島原の乱が起こる。天草四郎時貞らは島原の原城に立てこもり、幕府軍と戦った。この争乱には天草の島民の半数が参加したといわれる。江戸時代を通じて、最大の反乱であった。

概して天草は独立の気風が強い。戦後には天草の独立運動もあったという。これもまた海からの賜り物なのだろう。

一口旅案内　本渡港（下島）●ＪＲ三角駅から徒歩5分、三角港から高速船天草宝島ラインで60分

15 蝦夷地への入り口
——福島・白河の関

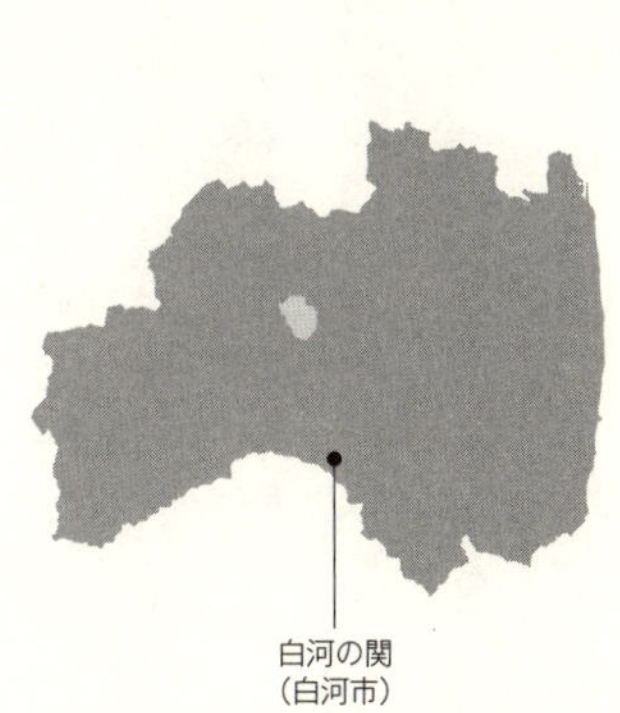

春の色は青、夏の色は朱(あか)、秋の色は白、そして冬の色は玄(くろ)。古来、季節をあらわす色としてもてはやされてきた。若さの代名詞「青春」という言葉も、近代の詩人「北原白秋(きたはらはくしゅう)」の筆名もこれによる。

都をば霞(かすみ)とともに立ちしかど秋風ぞ吹く白河(しらかは)の関　（『後拾遺(ごしゅうい)和歌集』）

（京都を春霞の立つ頃に出立したが、陸奥(むつ)の白河の関に着いた時にはもう秋風が吹いていたよ。）

平安時代の歌人、能因法師の歌だが、この歌にも「秋」と「白」が取り合わされている。

白河の関は福島県の南端、栃木県との県境近くにある。勿来の関（福島県）、念珠の関（山形県）とともに古代日本の三関の一つといわれ、北方の蝦夷へのかためとして設けられた関所であった。小高い小山の上に関址が残るが、大きな空堀や土塁、柵の跡が現存し、関所というより、砦、小城といったほうがふさわしい。発掘の結果、北門、西門、南門、館址、倉庫址、鍛冶場址などが確認されており、かなり本格的な防御施設であったことが分かる。この白河の関までがヤマトで、関を一歩でも出れば、そこは蝦夷の支配地だった。いわばこの白河の関は古代日本の最北端であったといってよい。国境だったのである。関のむこうは奥州、みちのくと呼ばれる辺境の土地、異境の地であったのだ。

かつてここを幾人(いくにん)もの人が越えていった。和歌の作者能因(のういん)も、西行(さいぎょう)も、一遍(いっぺん)も、源頼朝(みなもとのよりとも)も、義経(よしつね)も、松尾芭蕉(まつおばしょう)もこの白河の関を越えた。今は関址に白河神社が鎮座するのみとなってしまったが、社(やしろ)を囲む森が実によい。たくさんの古木の生い茂る周辺は深閑としていて蒼古(そうこ)の趣がある。

一口旅案内　白河関跡●ＪＲ白河駅からバスで30分、「白河の関」下車

白河の関跡

16 運河と倉庫と税関と桟橋と

——北海道・小樽

北海道の冬は厳しい。冬の嵐にまき込まれると、激しい暴風雪に一気に見舞われる。札幌（さっぽろ）から小樽（おたる）へ函館（はこだて）本線に乗って向かう。車窓右手に広がる日本海。海岸線を走る列車のすぐ近くまで大波は押し寄せ、容赦なく波しぶきが降りかかる。そんな中、小樽にたどり着く。『蟹工船（かにこうせん）』の作者、小林多喜二（こばやしたきじ）が育った町だ。

小樽の運河

冬が近くなると、ぼくはそのなつかしい国のことを考えて、深い感動に捉えられている。そこには運河と倉庫と税関と桟橋がある。そこでは、人は重ッ苦しい空の下を、どれも背をまげて歩いている。

と、知人の女性に書き送っている。冬の暗鬱な小樽の風景だ。

小樽は江戸時代からニシン漁でにぎわい、明治になってからは港湾都市としても繁栄を極めた。一八八〇

（明治一三）年には、北海道で初めての鉄道（手宮（てみや）線、廃線）が敷設され、一九二三（大正一二）年には小樽運河も完成、北の商都として大いに発展した。港近くには日本銀行小樽支店をはじめ、三井（みつい）、三菱（みつびし）、安田（やすだ）など、各銀行の支店が立ち並び、北のウォール街とさえいわれていた。小樽は北海道随一の都市として長く殷賑（いんしん）を極めていた。しかし、やがてその地位を札幌に奪われ、自動車輸送の隆盛の前に運河も埋め立てられようとした。保存運動の結果、その一部は残された。

今、小樽は生まれ変わろうとしている。残された運河や銀行などの重厚な石造り、れんが造りの建物を生かして、景観都市として広く知られるようになり、休日ともなれば大勢の観光客でにぎわっている。歴史の重みと港町の心意気だろうか、小樽は今やとびきり魅力的な街として、常に全国上位にランキングされている。

一口旅案内　小樽運河●ＪＲ小樽駅から小樽港方面へ徒歩８分

17 海に浮かぶ社

——広島・厳島神社

厳島（いつくしま）神社は天（あま）の橋立（はしだて）、松島（まつしま）と並んで、日本三景の一つとしてよく知られている。あとの二つが自然の景観そのままであるのに対して、厳島は社殿、鳥居、山、海、それらが一体として賞美されている点で、他といささか違う。人工の建造物と周囲の自然と見事に調和し、違和感が全くない。近代の建築物が景観を壊すとして問題視されることが多い中、いにしえの日本建築の素晴らしさにあらためて感心する。

厳島神社の大鳥居と社殿

現在の厳島神社の基礎を造ったのは平清盛（たいらのきよもり）といわれる。平安末の文献によれば、社殿は海浜に建てられ、潮が満ちてくると、殿舎の下に水が入り込み、この世の風景とは思えない美しさを見せていたという。清盛の後、いくたびか建て替えられたが、基本的にこの風景は今も変わらない。満潮ともなれば、大鳥居をはじめ、寝殿造り風の朱塗りの社殿は文字どおり海に浮かび、海の青さと美しい対照をなす。その光景はいつも見る者を堪能させる。

この社殿を支える柱が海底に埋められているのではなく、水底に置かれた石の上に乗っているだけということは意外と知られていない。社殿自体の重みのみで、安定を保っているのである。そのため、大波や異常潮位の時にも社殿が浮かび上がらないように床板には目透(めす)かしというわずかな隙間をとって、下からの水圧を逃がす工夫がとられている。また、水に漬かることの多い支柱の下部は腐食や船食虫(ふなくいむし)の被害に備え、根継(ねつぎ)という工法で、傷んだ部分のみを交換できる仕組みにもなっている。

八百年以上の昔、平清盛が情熱をそそいで造営した厳島神社は、後人たちのこうした技術と努力によって現代に引き継がれ、他に類を見ない海上木造建造物として、世界遺産にも選ばれている。

一口旅案内　厳島神社●JR、広電（路面電車）・宮島口駅から徒歩5分、フェリーで10分、「宮島桟橋」下船

18 犬は誰に吠えたのか
——千葉・犬吠埼

各地にはおもしろい地名があるもので、この犬吠埼（いぬぼうさき）もその一つといってよい。名前の由来はいろいろあるが、源義経（みなもとのよしつね）が兄の頼朝（よりとも）に追われここまで逃げのびてきたが、船で北に逃れることになったため、愛犬〝若丸〟を捨て置かざるを得ず、残された犬は義経を慕い、七日七晩、吠（ほ）え続けた。そのことから付いたというのである。もちろん真偽のほどはあやしいが、この岬の突端に立っていると、そんな物語がいかにもふさわしい場所であることが実感される。

犬吠埼の灯台

　犬吠埼は関東平野の最東端、太平洋に向かって力強く突き出る。海角（かいかく）からは文字どおり大海原を一望することができる。左右に大きく広がる水平線はさえぎるものは何一つなく、グルリと四周を囲むかのような感じだ。ここに立っていると、本当に地球が丸く見える。すぐそばに立つのが犬吠埼灯台。まるで海と空と荒波に抗するかのようにスックと立っている。その白亜の姿はとても印象的だ。古来、この風光を愛して多くの文人たちがここを訪れた。高（たか）

浜虚子、佐藤春夫、若山牧水。近くの海鹿島には国木田独歩、竹久夢二、尾崎咢堂らが訪れている。大正から昭和の初めにかけて活躍した画家の小川芋銭は友人の別荘に住みこみ、制作に取り組んだ。

大海を飛びいづる如と初日の出

まるで名画を思わせるかのような芋銭の名句だ。その句碑は太平洋に向かって立っている。富士山や島しょ部を除けば、日本で一番早い初日の出が拝めるのも、この犬吠埼なのである。

犬吠埼に行くのには銚子駅から銚子電鉄に乗るのが一番簡略で分かりやすい。一時廃線もささやかれた鉄路だったが、経営打開の一策として売り出された「ぬれ煎餅」が好評で、これがなかなか美味い。かつて首都圏で活躍していた懐かしい車両に会えるのも、楽しみの一つである。

一口旅案内　犬吠埼灯台●銚子電鉄・犬吠駅から徒歩7分

19 越後の夕照

——新潟・直江津の浦

日の出が太平洋なら夕日が美しいのはさしずめ日本海であろう。南北に細長い日本列島はどこにいっても、その土地ならではの美しい風景を見ることができる。その意味で日本という国は本当に恵まれた国であるといってよい。

越後（えちご）の直江津（なおえつ）もその一つ。日本海というと荒海とすぐ連想されるが、日本海は年中荒れているわけでは決してなく、本当に静かで穏やかな日も結構多い。そんな時は夕日観賞の絶好の機会だ。次第に水平線に近づく夕日は、空はもとより海までも赤く染め、金色の光の帯を海面いっぱいに輝かせる。突端の岬は暗影となって目に映る。日本海の夕景のすごいところは西から東、左から右、何一つとして目を遮るものがなく、空、海、夕照の一八〇度の壮大な風景を一望できることだろう。

落日が枕にしたる横雲のなまめかしけれ直江津の海

と、与謝野晶子は落日の光景に男女の官能の夢を見てとったのだ。しかし、そんな美しい直江津の浦であるが、ここは悲劇の舞台となったところでもある。人買いの手に渡った安寿と厨子王は母親らと引き離され、幼い姉弟は山椒大夫のもとへと売り飛ばされてしまった。母は佐渡へ、姉弟は丹後へとこの直江津の浦から

供養塔

北と南、海路別れていったのである。

子供はただ「お母（か）あ様、お母あ様」と呼ぶばかりである。舟と舟とは次第に遠ざかる。

森鷗外（もりおうがい）の小説『山椒大夫』で有名な一節だ。

今も直江津港の横には二人の供養塔が冷たい海に向かって建っている。売られ行く幼い姉と弟は直江津の美しい夕日をはたして見たのだろうか。

一口旅案内　供養塔●JR直江津駅から徒歩30分

20　水底を歩く道

――山口・壇ノ浦

一一八五（元暦二）年三月二十四日、午前六時、長門国（山口県）壇ノ浦で源平両軍の最後の戦いが始まった。世に謂う壇ノ浦の戦いである。『平家物語』によれば、源氏の船は三千余艘、平家の船は千余艘。当初、優勢だった平家側は次第に追い詰められ、ついに敗滅、安徳天皇は二位尼（平清盛の妻）に抱かれて入水、平知盛、教盛ら武将たちも次々と海の藻屑となって消えていったのだった。

平家側の敗因には諸説あるが、古来云われてきたのが海流説である。壇ノ浦のある関門海峡は対岸の九州までわずかに七百メートル。ここは日に四回、潮流の向きが変わる。流れは速く、今でも船乗りたちを悩ませる難所である。近年はこの海流説を支持する意見は少なくなってきたが、時に一〇ノット（時速一八キロメートル）を超す急流を見ていると、この急流がやはり戦いになにがしかの影響を与えたことは間違いないと思わずにはいられない。

関門トンネル人道

この海峡を見下ろすところに竜宮城を思わせる朱塗りの水天門。安徳天皇を祀る赤間神宮である。境内の奥には平家一門を供養する七盛塚(ななもりづか)、耳なし芳一(ほういち)の芳一堂など『平家物語』にゆかりの深い場所である。近くには美しい姿を見せる関門橋が見える。ちょうど橋の下あたりに「関門トンネル人道」という標識が立つ。関門海峡の下を通る海底トンネルの入り口である。全長三、四六一メートル。一九五八(昭和三三)年三月に開通。トンネルは二層に分かれ、上が車道、下が人道。人が歩いて渡れる海底トンネルは世界的にも珍しいという。対岸の門司(もじ)までおよそ一五分。海の底のせいか、時折、揺れて、ドンドンと音がする。恐らく上を走る車の音と振動なのであろうが、ここが平家一門の沈んだ海の底かと思うと、その音は何か平家の亡霊たちの声のようにも聞こえてくる。

赤間神宮

一口旅案内　壇ノ浦古戦場跡●JR下関駅からバスで12分、「御裳川」下車

21 百歳の駅舎

――福岡・門司港駅

門司(もじ)の歴史は古い。その名前は早く天平(てんぴょう)時代（七二九〜七四九年）の木簡(もっかん)（木札に書かれた記録）にも見えている。天平といえば、ちょうど奈良では聖(しょう)武(む)天皇が大仏を造立(ぞうりゅう)していた頃である。

かつて九州は筑紫(つくし)、または九国(くこく)と呼ばれていた。今でこそ関門トンネルを抜ければ、あっという間に九州に渡ってしまうが、昔は船に乗って渡った。門司の関という関所も置かれ、和歌にもよく詠まれた。ここを通過しなければ、九州に入れなかったのである。門司からは筑紫の地、都から遠い九国の地の入り口が門司であったのである。

　そうした門司の役割は近代になってからも変わることはなかった。一八九一（明治二四）年、九州鉄道（現・鹿児島本線）が敷設された時、その起点として門司は選ばれた。その後、関門トンネル開通にともない、駅名は門司港と変わったが、駅舎はそのまま使われている。現駅舎は一九一四（大正三）年に完成、木造二階建て、薄色の外壁に緑色の屋

門司港駅の駅舎

根、左右対称のデザインはネオ・ルネッサンス様式といわれ、一九八八（昭和六三）年、駅舎として初めて重要文化財に指定された。広場に建つその立ち姿は堂々として風格を感じさせる。しかし、威圧感などは全くなく、むしろ貴婦人のような気品と優しさがある。木造ゆえの暖かみなのだろうか。九州の玄関口として、誠にふさわしい意匠を持っていると言ってよい。

この門司港駅の素晴らしい事は、この駅舎が現役で使われているという事である。駅長室、待合所、チッキ取扱所、洗面所、便所に至るまで昔と変わらず、駅員の制服まで往時の姿を模している。文化財は使われていてこそ文化財。門司はこの駅舎を中心にレトロの町として今、人気を集めている。

一口旅案内　門司港駅舎●ＪＲ鹿児島本線・門司港駅

22　海に浮かぶ戦争遺産

——三重・神島

神島は伊勢湾の出口に浮かぶ小島である。鳥羽から定期船に乗って行くのが、島に渡る唯一の方法である。鳥羽湾の美しい島々の間を抜けると、船の前方になだらかな円錐形をした島影がだんだん近づいてくる。船はおよそ四十分、神島に到着する。島の人口は三百人あまり。周囲約四キロ、二時間もあればゆっくりと一周することができる。一九五三（昭和二八）年、三島由紀夫はこの島を訪れ、小説『潮騒』を書いた。島の若者、新治と初江のさわやかな恋物語で

神島に遺された監的哨

ある。作品は吉永小百合や山口百恵などの主演で五回も映画化された。三島はこの小さな神島が気に入っていたのであろう。島の中で「眺めがもっとも美しい場所」として二つあげる。一つは八代神社、今一つは島の灯台である。二一四段もある神社の石段からは伊勢湾一帯を望見することができるし、灯台からは眼下に伊良湖水道、渥美半島もすぐ目の前に見える。

　こんな好景を目にしながら、島内の散策路をたどって行くと、突然、林の中からコンクリートの黒々とした廃墟が立ちあらわれる。旧日本軍の監的哨である。戦時中、対岸の伊良湖岬から発射された砲弾がどこに着弾するかを監察した場所である。三方の窓は窓枠さえもなく、大きくぽっかりと海に向かって開いている。階段は薄暗く、狭い。見るからに不気味で圧倒されそうだ。小説では、二人はここで初めて裸で抱き合った。この美しい、平和な島にはいかにも不似合いでおぞましくさえ感じられる。しかし、戦争とはこういうものなのであろう。戦争の悲惨さ、忌わしさを忘れないためにも、こうした遺産は末代までのこしていかねばならないと思う。

一口旅案内　八代神社●鳥羽マリンターミナルから定期船で35分、「神島港」下船徒歩15分

23 紫式部と越前の富士山
――福井・日野山

北陸本線に乗って北に行く。敦賀（つるが）を出発すると、間もなく北陸トンネルにさしかかる。全長一三、八七〇メートル。完成は一九六二（昭和三七）年、開通時は日本一長いトンネルであった。長い闇の中を走ること十分弱、視界が急に開ける。トンネルを出たあたりは水上勉（みなかみつとむ）の小説『越前竹人形（えちぜんたけにんぎょう）』の舞台となった南条（なんじょう）地区、車窓の右手に見えてくるのが日野（ひの）山である。標高七九五メートル。さほど高い山ではないが、成層式のコニーデ火山で、その美しい姿から越前富（えちぜんふ）

越前富士　日野山

士とも呼ばれている。全国には○○富士と称される山は三百五十ほどあるが、日野山の美しさは格別だ。山の周りには大きな建物が全くなく、コニーデ特有のなだらかな山裾まで一望できるからである。

約一千年前の昔、紫式部もこの日野山を見た。父親の藤原為時の越前国司赴任に同行して、越前にやってきたのである。彼女は日野山を見て、こう歌った。

ここにかく日野の杉むら埋む雪
小塩の松に今日やまがへる

（こちらでは日野山の杉が埋もれるくらいこんなに雪が降り積もっている。今日は都の小塩山の松にも同じくらい雪が降っているのだろうか。）

紫式部にとって越前の豪雪は初めての体験であったのだろう。雪に埋（うず）もれた日野山の姿に目を奪われている。

紫式部が滞在したと考えられるのが、今の武生（たけふ）市。市内には紫式部公園も造られており、そこからの日野山の眺めは一番美しいとされている。園内には金色に輝く紫式部の像もあり、その像は都を向いて立っている。

一口旅案内　紫式部公園●ＪＲ武生駅からバスで10分、「紫式部公園口」下車

紫式部像

24　百万都市を流れる清流
——宮城・広瀬川

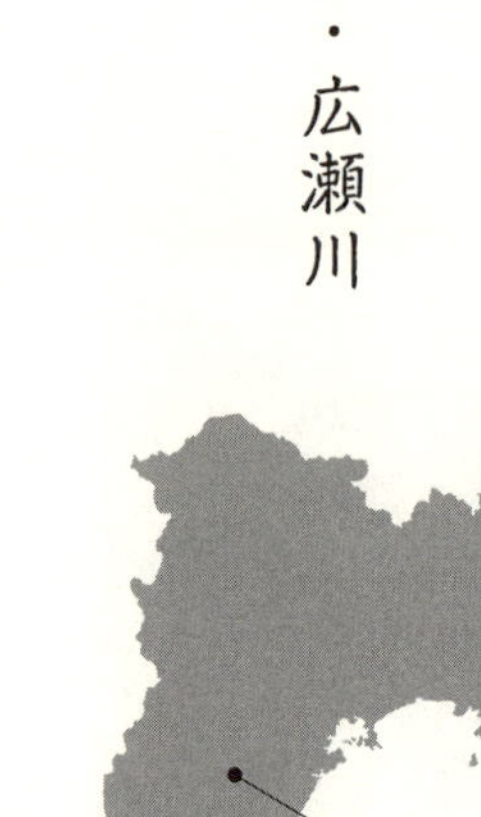

広瀬川流れる岸辺　想い出は帰らず
早瀬踊る光に　揺れていた　君の瞳
季節はめぐり　また夏が来て……

さとう宗幸などによって唄われた『青葉城恋唄』の歌い出しである。「季節はめぐり」という歌詞の一節ではないが、この歌が流行ったのが一九七八（昭和五三）年、もう四十年以上の昔になる。それでもこの歌はいささかも色褪せることなく、今なお新鮮で、すぐ耳もとでメロディーが聞こえてきそうな感じである。それほどまでに印象深い歌であった。

歌の舞台となった広瀬川は奥羽山脈に発し、仙台市内を南東に向かって流れ、やがて名取川と合流、太平洋へと流れ込む一級河川である。市街の中心部にさしかかると、右に青葉城（仙台城）、左に市街地を見ながらゆっくりと蛇行する。いくつもの河岸段丘を構成し、段丘面は数メートルから二十メートルに及ぶところもある。深い緑と渓谷の風景は百万都市の中心部とはとても思えぬほどの静けさで、人々にやすらぎと憩いを与えてくれる。

しかし、広瀬川の美しさは昔からあったわけではなかった。戦後、広瀬川や近くの梅田川はゴミと汚水で、水質は急速に悪化し、遊泳禁止になってしまったほどだ。清流を復活させようという市民と行政は一体となって、一九七四（昭和四九）年に「広瀬川の清流を守る条例」を制定し、下水道の整備に乗り出し、今やBOD〇・九ミリグラムの清流として復活したのだった。アユ、カジカガエルも棲息し、二十一世紀に残したい日本の自然百選、名水百選、残したい日本の音風景百選にも次々と選ばれた。

一八七一（明治四）年、仙台市に生まれた土井晩翠は、

都の塵を逃れ来て　今わが帰る故郷の
夕涼しき広瀬川……

（『広瀬川』）

と、故郷の広瀬川への思いを詩に託した。その風景は今も守られている。

一口旅案内　青葉城（仙台城）●JR仙台駅からバスで25分、「仙台城跡」下車

広瀬川と仙台の町

25 文豪たちの避暑
――神奈川・ホテルニューカマクラ

鶴岡八幡宮（つるがおかはちまんぐう）や大仏でよく知られた鎌倉（かまくら）。その鎌倉に一風変わったホテルがある。そのホテルの名はホテルニューカマクラ。一九二四（大正一三）年頃、関東大震災の直後に完成した二階建て洋館で、もう九十年以上経っている。館内には赤絨毯（じゅうたん）が敷きつめられ、木製の上げ下げ窓、階段の手摺（てすり）、洗面台の蛇口の一つ一つまでが歴史を感じさせ、古き良き時代の面影をよく残している。

一九二三（大正一二）年の夏、岡本（おかもと）かの子（こ）はここ（当時の名は平野屋）に避

暑にやって来た。ちょうどその時、居合わせたのが芥川龍之介であった。当時の鎌倉はまだ唐黍畑があって、一面、野菜畑が広がるのどかな場所であった。かの子と芥川は互いに部屋を行き来し、文学論、芸術論、女性美について語り合い、いつしか「なかよし」になっていった。その模様はかの子の短編小説『鶴は病みき』に詳しい。

それによれば芥川はいつも「都会児らしい行儀の好い態度」でかの子たちに挨拶をする紳士であったが、人の見ていない時には帯をだらしなく垂らして便所に行ったり、洗面所の鏡の前で「舌を出したり額を撫でたり、はては、にやにや笑い、べっかっこをした顔」を映したりすることもあったらしい。夜になると庭に出て、上半身裸になって一生懸命体操したりもしていたらしい。もうこの時は芥川は文壇の寵児、「小説道の大家」であった。そんな芥川も一人でいる時は結構茶目っ気があったのだろうか。

今のホテルニューカマクラは残念ながら当時そのままの建物ではないが、かの子と芥川がひと夏過ごした場所であることには変わりない。芥川はその四年後の夏、自殺する。まだ三十六歳という若さであった。このホテルには若き文士たちの想(おも)い出がいっぱいつまっている。

一口旅案内　ホテルニューカマクラ●JR、江ノ島電鉄・鎌倉駅下車

ホテルニューカマクラの玄関

26 平安の名月

——兵庫・明石の浦

月のいとはなやかにさし出でたるに、今宵は十五夜なりけりと思し出でて……（『源氏物語』須磨）

（月がまことに美しくさしのぼって来たので、今宵は十五夜だったのだとお思いになって……）

都での政情の不利を知った光源氏は、みずから須磨に退去した。八月一五日の夜、満月の月がゆっくりと東の空に立ちのぼって、須磨の浦の海面に美しく輝き始めた。三方を山で囲まれた京都と違って、海のかなたから月はさしのぼり、海の上に照り輝いている。向こうには黒々とした淡路島の島影、それこそ息をのむような美しさであったのではなかろうか。光源氏二十六歳。都には藤壺や紫の上をはじめとして、数々の女君たち。「彼女たちは今どうしているのだろうか。この同じ月を見やっているのだろうか」と、源氏は満月の姿を見ながら、人知れず哀しく、思いやるのであった。

それから一年後、すでに源氏は住まいを須磨から明石に移していたが、八月の明月に誘われて、明石入道の娘を訪ねていく。明石の浦に映る月影はまた格別であった。その晩、源氏は入道の娘と初めて契りをかわす。彼女こそ後の明石の上である。

王朝文学を彩るものは桜と月。特に月は八月一五日の中秋の名月が愛でられた。空に浮かぶ満月だけでも十分賞味に値するが、さらにその月が水面に映る

明石の浦と淡路島

風景を王朝人はことさらに愛した。都近くでは広沢池、大沢池、巨椋池（干拓されて今はない）、遠くは須磨、明石。いずれも名月の舞台である。毎年中秋の名月は九月中、下旬。光源氏の心を思いやりながら、須磨や明石で名月を眺めたいものである。

一口旅案内　善楽寺●山陽電鉄・西新井町駅から徒歩10分

27 海のない町の灯台
――岐阜・住吉灯台

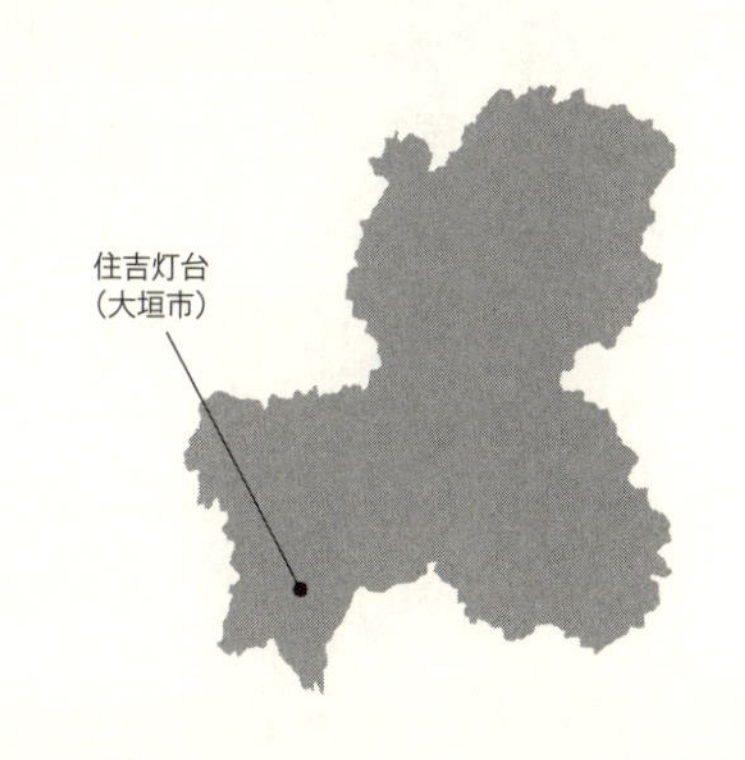

「えっ、どうしてここに灯台があるの？」

「たしか岐阜県には海がないはずだ」

ふと、そんな思いが頭を過ぎる。

岐阜県大垣市。市中を流れる水門川は大垣城の外濠を兼ねる。湧水を水源とするため、水量が一定で、ゆったりと流れる。それを利用して、早くから舟運が栄え、河畔には船の係留場、船問屋の建物、倉庫がいくつも立ち並んだ。

住吉灯台

江戸時代の初め、航行の安全を願う常夜灯が河岸に建てられ、一八四〇（天保一一）年には今あるかたちの灯台となったという。燈籠内に航海安全の神の住吉明神を祀ることから、住吉灯台と呼ばれている。均整のとれたその立ち姿はどこか優美で、風格を感じさせる。水門川のゆるやかな流れとよく調和し、美しい川端の風景となっている。

舟運は大いに栄え、大垣と桑名の間をつなぎ、明治には蒸気船も就航した。地元の古老によれば、昔は小学校の遠足でよく船に乗って、桑名まで潮干狩りに行ったという。早朝、大垣を出発し、一日海で遊び、夜行船で大垣に帰ってきたという。足掛け二日の船旅。今では望みうべくもない、遠足の姿である。船がもたらす幸せな時間と旅である。

江戸時代の俳人、松尾芭蕉（まつおばしょう）もこの船に乗って、伊勢（いせ）へと向かった。芭蕉は百五十日、約二千三百五十キロに及ぶ『奥の細道』の旅を大垣の地で締めくくった。一六八九（元禄（げんろく）二）年九月、人々と旅の終わりを祝しあったのもつかの間、伊勢神宮の遷宮（せんぐう）を参拝せんとして、大垣を出立した。

長月（ながつき）六日になれば、伊勢の遷宮拝まんと、また舟に乗りて、

蛤（はまぐり）のふたみに別れ行く秋ぞ

「長月六日」は陽暦の十月十八日である。

一口旅案内　住吉灯台●ＪＲ大垣駅から徒歩20分

大垣――『奥の細道』より

〈P100は原文、P101は対応する現代文〉

露通（＝芭蕉の弟子）もこの港までいでむかひて、美濃の国へと伴ふ。駒にたすけられて大垣の庄に入れば、曾良も伊勢より来り合ひ、越人（＝芭蕉の弟子）も馬をとばせて、如行（＝芭蕉の弟子）が家に入り集まる。前川子（＝芭蕉の弟子）・荊口父子（＝芭蕉の弟子）、そのほかしたしき人々、日夜とぶらひて、蘇生のものにあふがごとく、且よろこび、且いたはる。旅の物憂さも、いまだやまざるに、長月六日になれば、伊勢の遷宮拝まんと、また舟に乗りて、

蛤のふたみに別れ行く秋ぞ

露通（八十村氏）が敦賀の港まで出迎え、美濃の国へ一緒に入った。馬に乗って大垣の庄に入ると、曾良が伊勢より来て、越人（越智氏）も馬をとばしてやってきて、みな如行（近藤氏）の家に集まり来る。前川子（津田氏）・荊口（宮崎市）の親子、そのほか親しい人々が、昼となく夜となく訪れて、生き返った人間にでも会うかのように、旅の無事を喜び、旅の疲れをいたわる。旅のうれいもいまだ収まってはいないけれど、九月六日になったところで、二十年に一度の伊勢神宮の式年遷宮を拝もうと、また舟に乗って旅立つ。

蛤の蓋と身が別れるように
親しい人々と別れ行き、
二見が浦を見に行く。
行く秋の寂しさがしみじみしみてくる。

28 利根川にかかった「かなしき橋」
――群馬・大渡橋

萩原朔太郎が故郷の前橋に帰ったのは一九二九（昭和四）年の冬のことという。妻稲子と離婚し、二児を連れての悲しみの帰郷であった。

汽笛は闇に吠え叫び
火焔は平野を明るくせり。
まだ上州の山は見えずや。

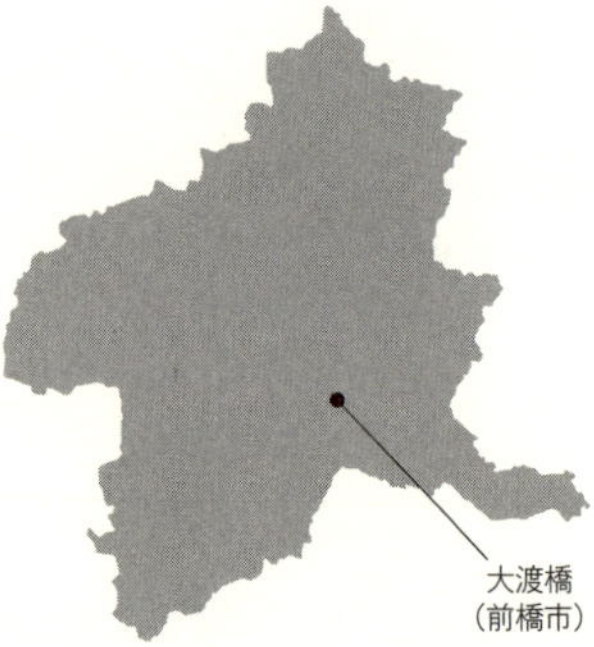

大渡橋
（前橋市）

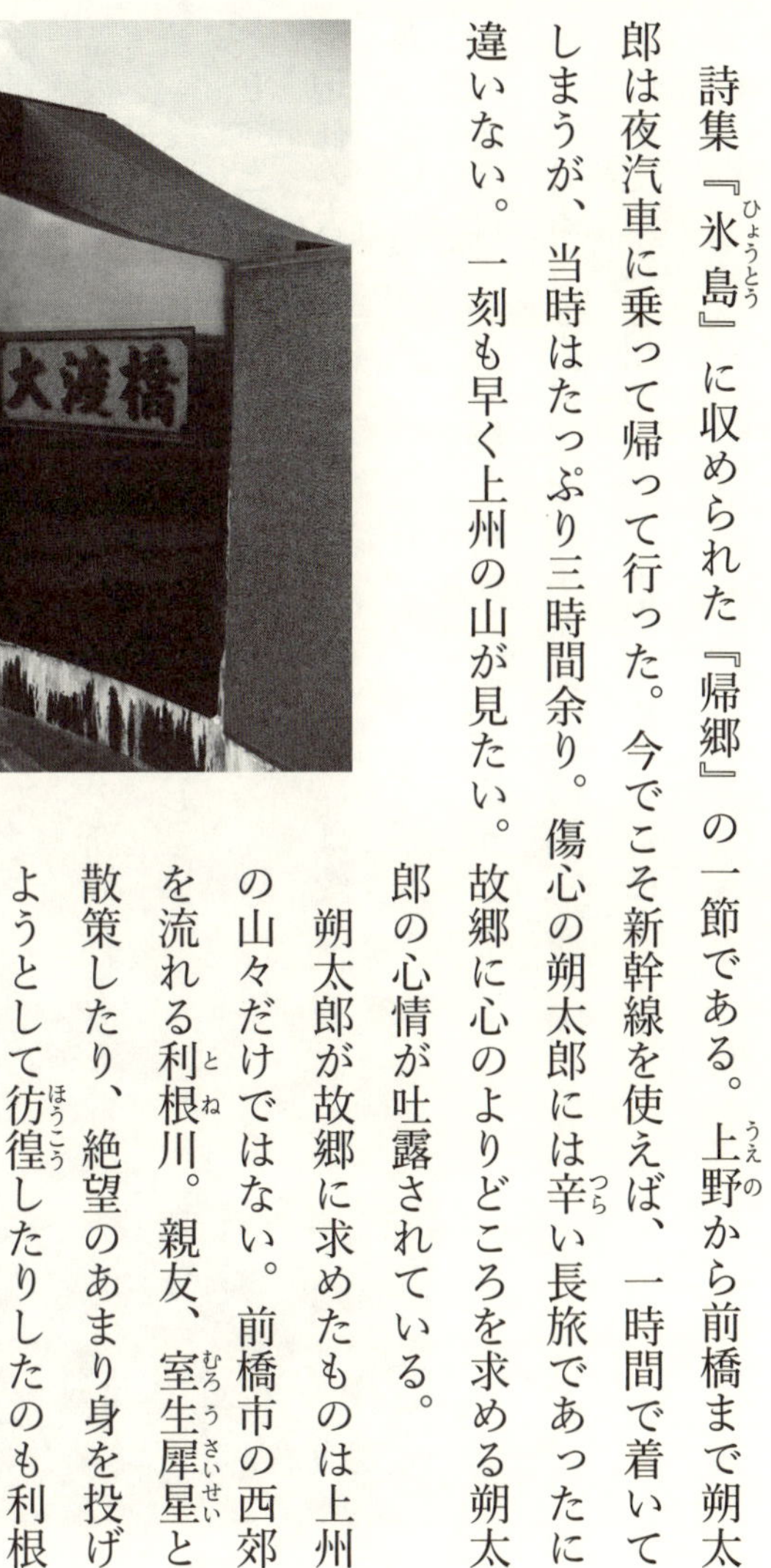

詩集『氷島（ひょうとう）』に収められた『帰郷』の一節である。上野（うえの）から前橋まで朔太郎は夜汽車に乗って帰って行った。今でこそ新幹線を使えば、一時間で着いてしまうが、当時はたっぷり三時間余り。傷心の朔太郎には辛（つら）い長旅であったに違いない。一刻も早く上州の山が見たい。故郷に心のよりどころを求める朔太郎の心情が吐露されている。

朔太郎が故郷に求めたものは上州の山々だけではない。前橋市の西郊を流れる利根（とね）川。親友、室生犀星（むろうさいせい）と散策したり、絶望のあまり身を投げようとして彷徨（ほうこう）したりしたのも利根川のほとりであった。その利根川にかかるのが大渡橋（おおわたりばし）である。それまで渡船による渡河（とが）しかなかった利根

大渡橋

川に鉄橋が架けられたのが一九二一（大正一〇）年一一月のこと。さっそく朔太郎は自慢のカメラを持って橋の景観を撮影、橋上の風景を『郷土望景詩の後に』に書きとどめた。「鐵橋にして長さ半哩にもわたる」この新橋は「冬の日空に輝やきて、無限にかなしき橋なり」と詩人の眼には映ったようだ。

現在の大渡橋もその当時とたたずまいは変わらない。〃大渡〃の名前にふさわしく、人車あまた行き交い、橋下には大河利根川が悠然と流れる。遠方に眼を転ずると、赤城山、榛名山の名峰が雄大に見える。朔太郎が愛した上州の山々と利根川がここにはある。

利根川と山々

一口旅案内　大渡橋●JR前橋駅からバスで20分、「大渡橋」下車

29 路面電車の走る町

——愛媛・道後温泉

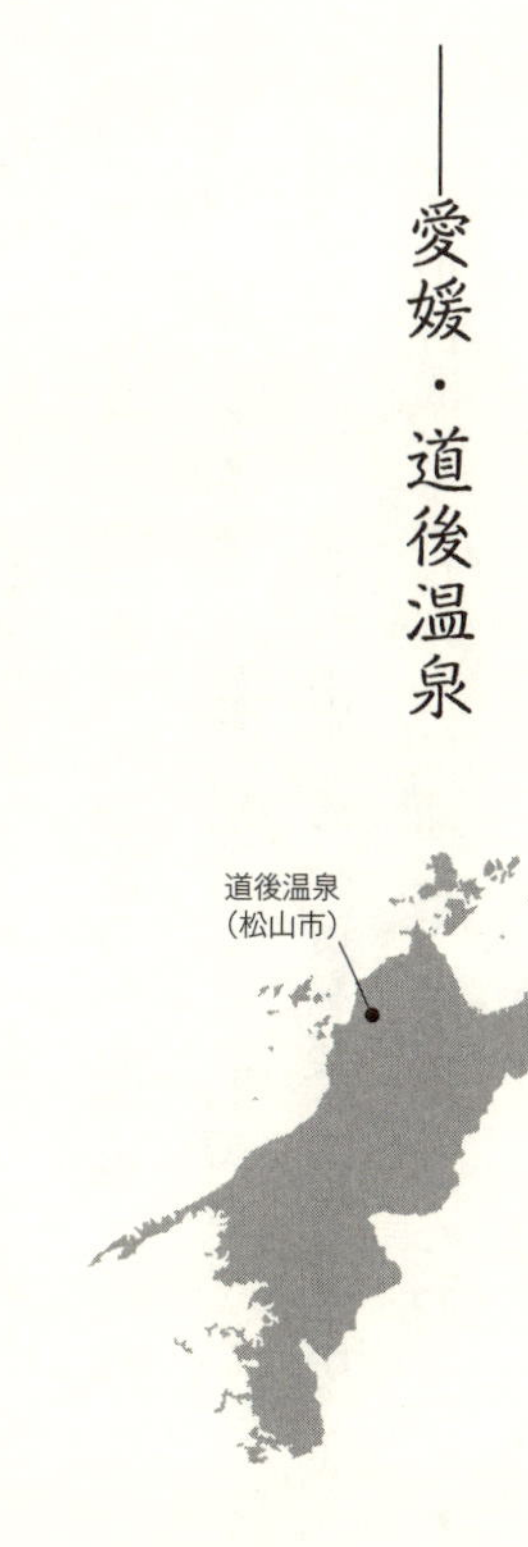

夏目漱石が四国松山の中学校に赴任したのは一八九五（明治二八）年の四月のことであった。まだ漱石二十九歳、若々しい青年教師であった。その模様は名作『坊っちゃん』に詳しい。松山といえば道後温泉。その道後温泉に本館（国重要文化財）が竣工したのが、ちょうど漱石着任の前年であった。当時としてはめずらしい木造三層楼の建物で、

ほかの所は何を見ても東京の足元にも及ばないが温泉だけは立派なもの

だ。　（『坊っちゃん』）

と、漱石は皮肉るものの、どうしてどうして漱石はこの温泉が大好きで、日ごと通いつめていたようだ。小説の中で主人公は広い湯槽（ゆぶね）を泳ぎまわっていたため、「泳ぐべからず」という札が貼り出されたとある。今の道後温泉本館の浴槽にも同じ木札が掲げてあるからおもしろい。現実が小説を追いかけたかたちだ。

　松山の魅力は道後温泉に限らない。市内を走る路面電車（市内電車）もその一つだ。ゴー、ゴトゴト、ゴトゴトと音をたてながら町を走る路面電車は市内の松山城、子規（しき）堂、萬翠荘（ばんすいそう）などをめぐり、もちろん道後温泉にもこれで行ける。お世辞にも速いとは言いがたいが、逆にゆっくりと市内の風景を楽しむことができる。新幹線や高速道路、そして飛行機。これらには速さでは全くかなわないが、大地の上にへばりつき、しっかりと踏みしめながら進んでいく路面電車はそれこそ、地に着いた旅を楽しませてくれる。かつては交通の邪魔、渋滞の原因とされ、次々と撤去されていった路面電車であるが、近年再び注目されつつあるのはいいことだ。

漱石もこの電車に乗った。当時は「マッチ箱のような汽車」だったという。

　枯野原汽車に化けたる狸あり

漱石の俳句である。その軽妙さが乙だ。漱石の松山在住はわずか一年であったが、松山は漱石に忘れがたい記憶を残した町でもあった。

一口旅案内　道後温泉●伊予鉄道松山駅前線・道後温泉駅下車

松山の坊っちゃん列車

泳ぐべからず――『坊っちゃん』より

それから三日ばかりは無事であったが、四日目の晩に住田と云う所へ行って団子を食った。この住田と云う所は温泉のある町で城下から汽車だと十分ばかり、歩行いて三十分で行かれる、料理屋も温泉宿も、公園もある上に遊廓がある。おれのはいった団子屋は遊廓の入口にあって、大変うまいという評判だから、温泉に行った帰りがけにちょっと食って見た。今度は生徒にも逢わなかったから、誰も知るまいと思って、翌日学校へ行って、一時間目の教場へはいると団子二皿七銭と書いてある。実際おれは二皿食って七銭払った。どうも厄介な奴等だ。二時間目にもきっと何かあると思うと遊廓の団子旨い旨いと書いてある。あきれ返った奴等だ。団子がそれで済んだと思ったら今度は赤手拭と云うのが評判になった。何の事だと思ったら、つまらない来歴だ。おれはここへ来てから、毎日住田の温泉へ行く事に極めて居る。ほかの所は何を見ても東京の足元にも及ばないが温泉だけは立派なものだ。せっかく来た者だから毎日はいってやろうと云う気で、晩飯前に運動かたがた出掛る。ところが行くときは必ず西洋手拭の大きな奴をぶら下げて行く。この手拭が湯に染った上へ、赤い縞が流れ出したのでちょっと見ると紅色に見える。おれはこの手拭を行きも帰りも、汽車に乗ってもあるいても、常にぶら下げて居る。それで生徒がおれの事を赤手拭赤手拭と云うんだそうだ。どうも狭い土地に住んでるとうるさいものだ。まだある。温泉は三階の新築で上等は浴衣をかして、流しをつけて八銭で済む。その上に女が天目へ茶を載せて出す。おれはいつでも上等へはいった。すると四十円の月給で毎日上等へはいるのは贅沢だと云い出した。余計なお世話だ。まだある。湯壺は花崗石を畳み上げて、十五畳敷ぐらいの広さに仕切ってある。大抵は十三四人漬ってるがたまには誰も居ない事がある。深さは立って乳の辺まであるから、運動のために、湯の中を泳ぐのはなかなか愉快だ。おれは人の居ないのを見済しては十五畳の湯壺を泳ぎ巡って喜んで居た。ところがある日三階から威勢よく下りて今日も泳げるかなとざくろ口を覗いて見ると、大きな札へ黒々と湯の中で泳ぐべからずとかいて貼りつけてある。湯の中で泳ぐものは、あまりあるまいから、この貼札はおれのために特別に新調したのかも知れない。おれはそれから泳ぐのは断念した。泳ぐのは断念したが、学校へ出て見ると、例の通り黒板に湯の中で泳ぐべからずと書いてあるには驚ろいた。

30 和歌の浦の橋二つ

——和歌山・不老橋

七二四（神亀元）年一〇月、聖武天皇は和歌の浦（和歌山県）に行幸した。眺望の美しさに感動した天皇は、その風景が末代まで続くようにと、「守戸」（番人）を新たに置いた。今で言えば環境ウォッチャーを国家公務員として任命したというところであろうか。行幸には山部赤人が随行していた。その折に作られたのが、

わかの浦に潮満ちくれば潟をなみ葦辺をさして鶴鳴き渡る　（『万葉集』）

の歌である。和歌の浦に潮が満ちてくると干潟がなくなり、葦辺を求めて、鶴が鳴いて飛んでいく。名勝和歌の浦にふさわしい名歌として、よく知られている。

古来、和歌の浦の景勝を愛した人は数多い。江戸時代初め、初代紀州藩主の徳川頼宣（とくがわよりのぶ）の時、入江に浮かぶ妹背島（いもせじま）との間に橋が架けられた。三断橋（さんだんきょう）である。小さな反橋（そりばし）が三つ、それぞれ平橋によってつながれるという珍しい形を持っている。反橋と平橋の釣り合いが見事で、小さい橋ながら美しい姿を見せている。中国、西湖（せいこ）に浮かぶ六橋（ろっきょう）を模したといわれており、和歌山県に現存する最古の石橋である。

この三断橋のすぐそばにあるのが不老橋（ふろう）。十代藩主、徳川治寶（はるとみ）によって一八五一（嘉永（かえい）四）年架橋された。アーチ型の石橋で、肥後（ひご）熊本から石工を呼び寄せて作らせたといわれている。九州以外では同型の橋は珍しく、貴重な文化遺産である。

不老橋の石橋

この不老橋を通して見る和歌の浦は絶景だった。右手に片男波（かたおなみ）の松原、左手に鏡山、妹背（いもせ）山、遠くに名草（なぐさ）山も望める。しかし、残念なことに一九九一（平成三）年、この不老橋の隣に第二不老橋（あしべ橋）が建設され、この眺望は二度と見られなくなってしまった。橋にかけた古人の想（おも）いはむなしく消えていってしまった。

一口旅案内　不老橋●ＪＲ和歌山駅からバスで25分、「不老橋」下車

31 吉兆に鳴る釜

——岡山・吉備津神社

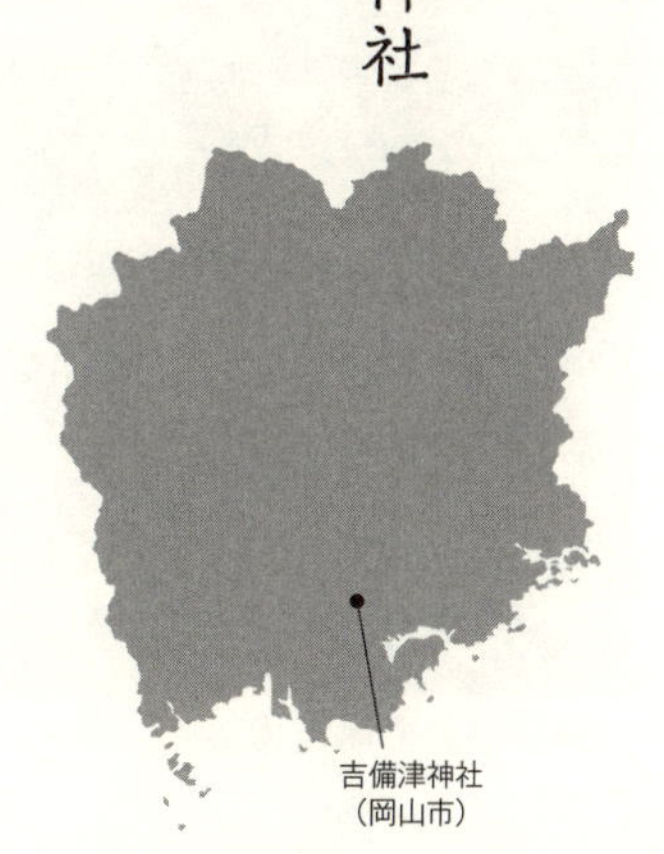

桃太郎伝説のふるさと、岡山県の吉備地方。そこに鎮座するのが古代吉備国の総鎮守、吉備津神社である。本殿は吉備津造りと称される雄大な社殿で、平面積では日本一の広さをもつ。その本殿から延びる大廻廊がまた美しい。総延長数百メートル。ゆるやかな傾斜に合わせて造られ、簡素で古朴な趣をもっている。言い伝えによると、室町時代末頃から江戸時代初めにかけて、備中国の人々が一間ずつ分担して造営したものという。造営者の一人ひとりの篤い信

本殿から延びる大廻廊

吉備津神社の鳴釜の神事（協力・吉備津神社）

仰心がこの美しさを生んだのであろう。

この廻廊の先にあるのが御釜殿（おかまでん）である。太古から守りつがれてきた御神火（ごじんか）によって湯釜はたかれ、吉兆の時は釜が鳴り、凶兆の時は鳴らない。今に伝えられる鳴釜の神事である。上田秋成の小説『雨月物語』の「吉備津の釜」では凶と出た占いを無視して、正太郎と磯良は結婚するものの、早くも正太郎は放蕩三昧、裏切られた妻、磯良の怨霊にとり殺されるという物語である。パチパチと燃え上がる炎を見つめていると、神威の凄さが肌身に伝わってくるような感じがする。この釜の下には桃太郎のモデルといわれる吉備津彦命によって退治された鬼、温羅の首が土中深く埋められているという。御神火の煙と煤でまっ黒になり、わずかな光ににぶく光る御釜殿にはそのまま古代が封じ込められている感じだ。

鳴釜の神事は現在も執りおこなわれている。幸せを願う善男善女が祈りをささげれば、もちろん釜は大きく鳴ってくれる。

一口旅案内　吉備津神社●ＪＲ吉備線（桃太郎線）・吉備津駅から徒歩10分

32 古代饗宴の山

——茨城・筑波山

富士山と筑波山。かたや三、七七六メートル、かたや八七七メートル。高さでいえば筑波山は富士山の四分の一にも満たない。そのためか知名度は世界はもとより、国内においても残念ながら大きく落ちる。富士山の名は知っていても、筑波山の名前は知らないという人が結構多いのではなかろうか。しかし、そうした事情は近代になってからのことで、かつては両山は「東の筑波、西の富士」と並び称されることが多かった。日本最古の地誌の一つ『常陸国風土

記（き）』には、ある時、祖先の神が富士山に一泊の宿を乞うと、富士の神は断ったが、筑波山の神は喜んで迎え入れたという。それ以来、富士山にはいつも雪が積もり、登ることができなくなったが、筑波山には年中人が集まり、歌舞飲食を楽しむようになったと伝えている。

　広い関東平野のほぼ中央に美しい姿を見せる筑波山は江戸市民の心をとらえ続けてきた。歌川広重（うたがわひろしげ）の『名所江戸百景』には幾枚も筑

現在の筑波山

『名所江戸百景』に描かれた筑波山*
（「国立国会図書館デジタルコレクション」より）

波山の姿が描き込まれている。かつては隅田川、品川、飛鳥山、井の頭と江戸のどこからもその姿を見ることができたのだ。

二〇〇五年開業のつくばエクスプレスを使えば都心から四十分でつくば駅に着く。そこからバス、ケーブルカーを利用して約一時間、山頂に到着する。山頂からの眺めは絶景だ。広大な関東平野。果てしなく続く田畑。霞ケ浦の水景。太平洋。天気が良ければ富士山も遠くに見える。ここにはまだ手つかずの日本の風景がある。まるで日本の原風景を見るようだ。遠く万葉の時代には春ともなると、人々は筑波山に登り、「嬥歌」と称して、歌を唱い、酒を飲み、男女の求愛の宴を楽しんだ。そんな歌声や嬌声が今にも聞こえてきそうな場所である。

一口旅案内　筑波山山麓●つくばエクスプレス・つくば駅からバスで50分、「つつじヶ丘」下車

33 ワニかサメか

——鳥取・白兎神社

七一二（和銅五）年に完成した日本最古の歴史書『古事記』には神話や伝説がたくさんつまっている。鳥取県を舞台にする「因幡の白兎」もその一つで、鰐をだまして海を渡ろうとした兎が、逆に鰐によって皮をむかれ、赤裸にされてしまった有名な話である。

地元の伝承によると、兎は大水で沖合の小島、淤岐ノ島に流され、陸に帰れず、鰐を利用することを思いついたという。鰐の報復を受けた兎は大國主命

御身洗池

の教えにしたがい、水で身を洗い、蒲の穂で体をつつんだところ、元どおりになった。その後、兎は白兎神という神となり、白兎神社に祀られた。兎が体を洗ったという御身洗池が社前にある。

よく知られた話ではあるが、細部には不明な点も少なくない。兎が流れついた淤岐ノ島は島根県の隠岐だとする説、また単に普通名詞の沖の島だとする説もある。兎を襲った鰐についてもよくわからない。かつて児童用の絵本などではワニが描かれていることが多かったが、日本近海にはワニはいないことから、近年ではワニザメのこととする意見も強いようだ。

しかし、ことは簡単には決められない。どうやらこの話は南方の島々に源流があるようで、ボルネオ、インドネシアなどでは猿と鰐、小鹿と鰐の話として伝えられている。この鰐は爬虫類のワニであるので、因幡の白兎の相手がワニかサメか速断はできない。

確実なことは、この因幡の地が遠く東南アジアの地域と結びつき、数千キロの海の彼方からこの話が運ばれてきたということである。山陰とアジアはつながっていた。神社の前の白兎海岸の海は美しく澄みわたり、白い砂浜が遠く続く。この青い海原を真っ白な兎が浜辺までピョンピョン跳びはねて来たかと思うと、それだけで美しい絵になりそうだ。

一口旅案内　白兎神社●JR鳥取駅からバスで40分、「白兎神社前」下車

淤岐ノ島

因幡の白兎――『古事記』より

〈P122は原文、P123は対応する現代文〉

「僕、淤岐島に在りて、ここに度らむと欲ひしかども、度らむ因無かりき。故、海のわにを欺きて言ひしく、『吾と汝と、競べて、族の多さ少なさを計らむと欲ふ。故、汝は、その族の在りの随に、悉く率て来て、この島より気多の前に至るまで、皆列み伏し度れ。爾くして、吾、その上を踏み、走りつつ読み度らむ。ここに、吾が族と孰れか多きを知らむ』といひき。如此言ひしかば、欺かえて列み伏す時に、吾、其の上を踏み、読み度り来て、今地に下りむとする時に、吾が云はく、『汝は、我に欺かえぬ』と言ひをはるに、即ち最も端に伏せりしわに、我を捕へて、悉く我が衣服を剝ぎき。これに因りて泣き患へしかば、先づ行きし八十神の命以て、誨へて告らししく、『海塩を浴み、風に当りて伏せれ』とのらしき。故、教の如くせしかば、我が身、悉く傷れぬ」といひき。

　ここに、大穴牟遅神、その菟に教へて告らししく、「今急やけくこの水門に往き、水を以て汝が身を洗ひて、即ちその水門の蒲黄を取り、敷き散してその上に輾転ばば、汝が身、本の膚の如く必ず差えむ」とのらしき。故、教の如くせしに、その身、本の如し。これ、稲羽の素菟ぞ。今には菟神といふ。

「私は淤岐島（おきのしま）にいて、こちらに渡りたいと思ったのですが、渡る手段がありませんでした。そこで、海のわにをだまして、『私とお前と比べて、一族の多さ少なさを数えたいと思う。そこで、お前は一族をいるだけ連れて来て、この島から気多（けた）の岬まで皆並び伏しつながれ。そうしたら、私はその上を踏み、声に出して数えながら渡ろう。それで、私の一族とどちらが多いか分かるだろう』と言いました。こう言いましたら、わにが並び伏したので、私はその上を踏み、声に出して数え渡り、今まさにこの地に着こうという時、『お前たちは私にだまされたよ』と言ったのです。その時、一番端（はし）に伏せていたわにが私を捕まえて、私の皮を全て剝（は）ぎ取ってしまいました。それで泣き苦しんでいたところ、先の大勢の神の皆様が私にお教え下さるには『海の塩水を浴び、風に当たって伏せておれ』とおっしゃいましたので、その通りにしていたら、私の体は全身ただれ傷んでしまいました」と言った。

そこで、大穴牟遅神（おおあなむじのかみ）がその兎に教えるには、「今すぐこの河口に行き、真水で体を洗い、それから河口の蒲（がま）の花を取って敷き散らし、その上に寝転がれば、お前の膚（はだ）は元のように必ず治るだろう」とおっしゃった。教えの通りにしたところ、その体は元の通りに戻った。これが稲葉（いなば）の白兎（しろうさぎ）である。今は兎神（うさぎがみ）という。

34 八〇〇年前の京都大地震
――京都・平安京

ゆく河の流れは絶えずして、
しかももとの水にあらず。

流麗な書き出しで知られる『方丈記(ほうじょうき)』の著者、鴨長明(かものちょうめい)は平安時代の末、京都、下鴨(しもがも)神社の神職の家に生まれた。彼の人生は源平の大動乱の時期とそっくり重なる。戦乱だけではなかった。世の中の不安に追い打ちするかのように、大火、竜巻、遷都、地震、飢饉（ききん）と大きな災厄が次々と都を襲う。大火は京都市街の三分の一を焼き尽くし、飢饉の犠牲者は四万人を超えた。これは当時の京都の人口の半分に近い。まさに大災害であった。これに鴨長明は直面したのだった。

二〇一一（平成二三）年三月一一日、東北から関東にかけての太平洋沿岸地域を巨大地震が襲った。マグニチュード九・〇。震源地近くの地点では震度七という激震であった。都内の勤務先にいた私は慌てて屋外に避難するも大地は左右に揺れ、とても立っていられない。建物はたわみ、猛烈な音をたて、誰しも恐怖の思いのどん底だった。

鴨長明も同様の体験をした。

一一八五（元暦（げんりゃく）二）年七月九日正午頃、琵琶（びわ）湖西岸を震源とする巨大地震が京都を襲った。マグニチュード七・四。平安京も甚大な被害を受けた。「山は崩れて河を埋（うづ）み、海は傾（かたぶ）きて陸地をひたせり」というとおり琵琶湖岸には巨大な津波が押し寄せた。「土裂けて水湧き出で」というのは今でいう液状化現象なのだろう。洛中の神社仏閣はことごとく損壊、倒壊したのだった。

長明は大地震の惨状を精確に書き留めている。数ある日本の古典文学の中で、『方丈記』は災害を正面から取り上げた最初の作品である。長明はこの世のむなしさを訴える。

震災翌年の二〇一二（平成二四）年は、奇しくも『方丈記』成立八百年目であった。

東日本大震災の地割れ

一口旅案内　大極殿跡●ＪＲ京都駅からバスで30分、「千本丸太町」下車

35　能登半島の大津波

——石川・輪島

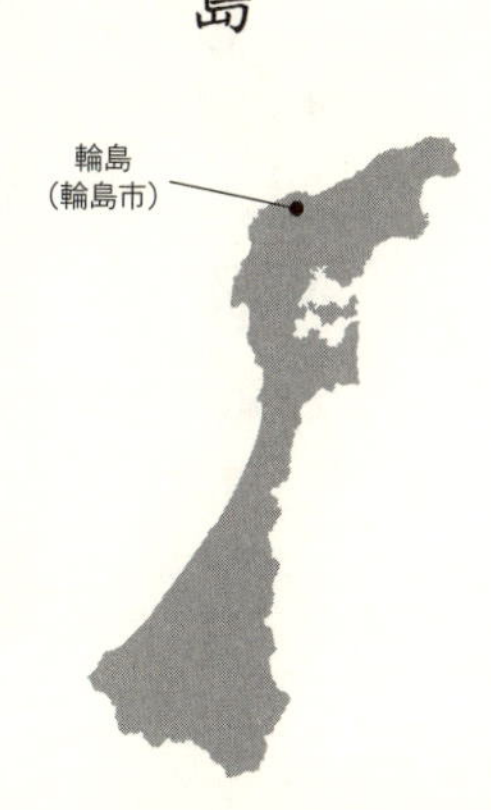

朝市で有名な石川県輪島市。かつては能登国鳳至郡。今も市内に鳳至町という地名が残る。

平安時代の中頃、ここに鳳至孫という人物がいた。貧しい生活を送っていたが、ある陰陽師の凶事到来の予言を聞き、海岸に避難した。するとどうだろう、にわかに海面は百丈（約三百メートル）ばかり盛り上がり、こちらに迫ってくるではないか。鳳至孫はもうだめだと思い、仏を一心に祈っていると、不思議なことに、波はみるみる低くなり、あやうく助かった。波の引いたあと、見慣れぬ黒い桶（おけ）が一つころがっていた。中には宝物が入っており、鳳至孫はそのおかげで、裕福な生活を送れるようになったという。

平安時代の末頃成立した『今昔（こんじゃく）物語集』に載っている話である。海岸に襲いかかってきた波は津波であろう。高さ三百メートルというのはいくらなんでも誇張と考えられるかもしれないが、記録によれば過去最高の津波は一九五八年、米国アラスカ州リツヤ湾で起こった津波で、五二四メートルあったという。原因は地震による斜面崩壊で、崩れた土砂が海に一気になだれ込み、巨大津波が発生したのだった。

輪島の朝市

能登半島の平家一門の墓

それからすると『今昔物語集』の三百メートルという大津波もあながち誇張とはいいきれなくなってくる。東日本大震災以来、古い歴史記録や土地の伝承、地層調査などから、今まで知られていなかった過去の巨大地震の存在が次々と明らかになってきている。文学作品がこれに供することはあまりなかったが、これなどはその一つかもしれない。能登半島に迫った巨大津波。今、近くには志賀原発があるのが心配だ。

一口旅案内　輪島の朝市●ＪＲ金沢駅から特急バスで140分、「輪島マリンタウン」下車

能登の国の大津波――『今昔物語集』より

〈P130は原文、P131は対応する現代文〉

午の時ばかりに、北を見遣りたれば、海の面あさましく怖ろしげになりて、沖の方より高さ百丈ばかりはあらんと見ゆる浪立て来る。鳳至の孫これを見て、限りなく怖ろしと思ひて、具したる男に、「かの浪の高さを見よ。あさましき事かな。こはいかがせんとする。この浪の来たりなば、この郷には高潮上がりて無くなりなんずるは。遁るべし」（中略）「この浪の見始めつる時は百丈ばかりに見えつるが、近く成るままに浪の長こそ劣りにたれ。既に近くなりにたり。いかがせんとする」とて、起ちて逃げんとするを、男引かへて、「いと物狂はしき態かな。定めて物託かせ給ひにけり」と云ひて捕へたる時に、主の云はく、「我は物託かず。汝が目には実にこの浪の見えぬか」と。男、「さらにさる事候はず」と云へば、主、「然ては、我この浪に漂倒せられて、死ぬべきにて怪しけるぞ。必ず死ぬべき報の有りて、『所を去りて忌め』とも云ひて、かく浜の辺にも出で居たるにこそ有りけれ。今は逃ぐとも逃げえじ。かくてただ死なん徳には、仏を念じ奉む」と云ひて、手を合はせて居ぬ。

午の時（正午）ごろ、北を見やると、海面がひどく恐ろしげで、沖の方から高さ百丈（約三百メートル）ほどの高波が押し寄せてくる。鳳至孫はこれを見て、大変恐ろしいことだと思い、連れの男に「あの波の高さを見ろ。とんでもないことが起こっている。いったいどうしたらよいのだろうか。この波がここに来たら、村はすべて水に沈んで、なくなってしまう。すぐ逃げよう」（中略）「初め見た時は百丈（約三百メートル）ほどに見えたが、近づくにつれ高さは低くなった。しかしもうすぐそこまで来ている。何としよう」と言って、立ち上がって逃げようとする。連れの男は「何てばかばかしいことか。きっとものに憑かれておられるにちがいない」と言って引き止める。鳳至孫は「憑かれてなんかいるものか。お前の目にはこの波が本当に見えないのか」と言う。男が「全然そんなものは見えません」というと、鳳至孫は「きっとこれは私がこの波に襲われて死ぬというお告げだったのだ。必ず死ぬはずの運命だったが、『家を出て、物忌みせよ』というおさとしがあって、このように浜辺に出ることになったのだ。今はもう、逃げようとしても、逃げても無駄だろう。ただこうして死にゆくこのうえは、後世への功徳として、仏をお祈りしよう」と言って、手を合わせてその場に座り込んだ。

36 沖縄のガマ

——沖縄・摩文仁丘

摩文仁丘（糸満市）

「この穴にはだれもいませんね。いたらでてください。早くしないと火器で大掃蕩をはじめるがいいですか？　はじめてもよいですか？」

（石野径一郎『ひめゆりの塔』）

米軍の猛烈な攻撃に沖縄の島民は近くのガマ（洞窟）に逃げ込み、息をひそめていた。上空にはグラマン飛行機が飛来し、ガガガガガと無差別に機銃で撃ちまくる。海からは、絶え間のない艦砲射撃、ガマの入口付近には、戦車も来ているらしい。たびたび至近弾が炸裂する。時折、砲声がやむ。すると降伏をうながす米軍の放送が拡声器から流れてくる。ひめゆり部隊の女生徒たちもいくどもこれを聞いた。死はもう目前に迫っている。

一九四五（昭和二〇）年四月、米軍は沖縄本島に上陸、圧倒的な火力、兵力の前に日本軍はずるずると後退、最南端の摩文仁丘に追い詰められていった。米軍の発射した砲弾はおよそ二百七十万発（県民一人あたり五発弱）。「鉄の暴風」と呼ばれる容赦ない攻撃であった。逃げ場を失った人々はガマの中で集団自決、あるいは近くの喜屋武岬から次々と海に身を投げて死んでいった。沖縄戦の推定犠牲者数は約二十万名、そのうち県民の死者は十数万人と言われている。

> 一木一草焦土ト化セン　糧食六月一杯ヲ支フルノミナリト謂フ
> 沖縄県民斯ク戦ヘリ

これは、海軍少将大田實が自決直前、海軍次官に打った電文の一節である。

六月二十三日、沖縄守備軍の司令官牛島満（うしじまみつる）、参謀長長勇（ちょういさむ）の両名が自決。この日をもって沖縄戦は事実上終息した。

沖縄県ではこの日を慰霊の日とし、毎年、追悼の行事が行われている。沖縄返還からまもなく五〇年。いまだ基地問題は未解決のままだ。

一口旅案内　平和祈念公園●那覇バスターミナルからバスで75分（糸満で乗り継ぎあり）

ガマからの風景

37 江戸の舟旅

——愛知／三重・七里の渡し

東海道五十三次（つぎ）で唯一の船路は七里（しちり）の渡しである。熱田（あつた）神宮のある宮宿（みやのしゅく）から三重県の桑名（くわな）まで往時は船を使うことが多かった。所要時間はおよそ四時間、船賃は約五十文（もん）、当時の昼食代が七十文前後であったから、まあまあの値段であったといえようか。江戸から京都までの旅は約二週間、庶民は基本的には陸路で歩き続けるわけであったので、いっときとはいえ、この七里の渡しの舟旅は旅人たちの心と体を休めるのに絶好であった。

『東海道中膝栗毛』の主人公、弥次さん喜多さんの二人も舟旅を前にして、けっこう浮かれていた。しかし、弥次さんには一つ心配事があった。それは、四時間も舟に乗るので、途中でおしっこがしたくなる、そうしたらどうしようというわけである。それをそばで聞いていた旅籠屋の主人が、「心配御無用、そういうお客様には竹筒をさし上げますから」というので、まず一安心ということになった。

さて、翌朝午前六時、朝の一番船に乗り込んで、桑名をめざす。船中の客は思い思いに話をかわし、時にはアゴもはずれるばかりの大笑い。物売りの舟も漕ぎ寄せてきて、「酒はいかが?」「名物のウナギの蒲焼きは焼きたてだよ」「団子はどう?」「奈良漬けでご飯はどうですか?」とさかんに声をかけてくる。そんな時、いつの間にか眠りこんでいた弥次さんが目を覚まし、おしっこがしたいという。早速、宿の主人が用意してくれた竹筒で用を足す。万事順調と思いきや、竹筒の先から小便がもれてアッと言う間に船内は小便だらけになってしまった。臭いは臭う。荷物もぐっしょり。船中は大騒ぎになった。何のことはない。竹筒の先には小さな穴があいていて、用を足す時、舷に筒をさしかけて使うのを、弥次さん知らなかったのだった。

江戸時代の舟旅はなかなかにぎやかだった。

一口旅案内　七里の渡跡●JR桑名駅からバスで5分、「本町」下車徒歩5分

岬の灯台

38 奇跡の一本松

――岩手・高田松原

高田松原
（陸前高田市）

海は、人々に多くの恵みをあたえてくれると同時に、人々の生命をおびやかす苛酷な試練をも課す。海は大自然の常として、人間を豊かにする反面、容赦なく死をも強いる。

吉村昭（よしむらあきら）の『三陸（さんりく）海岸大津波』の一節である。本当にこの静かな海が、この穏やかな海が「なぜ？」という思いがする。二〇一一（平成二三）年三月一一日、陸前高田(りくぜんたかた)の町にも津波が押し寄せた。高さおよそ十数メートル。四階建ての市役所も、市民会館も、みんな波にのみこまれた。分かっているだけでも千六百人を超える人々が命を落とし、行方不明を含めれば、二千人近い人が犠牲となった。

　陸前高田には、日本三大松原に数えられる高田(たかた)松原(まつばら)（国指定名勝）がある。江戸時代初めに潮害や風害を防ぐために植林されたのが始まりで、やがて七万本、二キロにわたる白砂青松(はくしゃせいしょう)の美しい風景へと成長し、人々に

奇跡の一本松

愛されていた。一八九六（明治二九）年の津波、一九三三（昭和八）年の三陸大津波、一九六〇（昭和三五）年のチリ地震津波の時もこの松原のおかげで、被害は最小限におさえられた。

だが、今度の地震津波はわけが違った。巨大な大津波は家も人も悪魔のごとくのみこみ、松原もことごとく破壊してしまった。しかし、奇跡が起こった。七万本あった松の中でたった一本だけが生き残ったのだった。高さ二七メートル。荒涼とした風景に立ち続ける松の姿には神々しい雰囲気さえただよっていた。残念なことに内部に枯死が確認され、修補のため切り倒されることになった（現在、復原）。未曾有（みぞう）の悲劇を見つめ、自らも津波に耐え続けた奇跡の一本松。その姿は最後まで人々に勇気と希望を与え続けた。

一口旅案内　高田松原●ＪＲ大船渡線・奇跡の一本松駅（ＢＲＴ）から徒歩15分

39 方丈の庵

——京都・下鴨神社

下鴨神社（京都市）

二〇一二（平成二四）年は、日本の古典文学にとってまさにおめでたい、かつ、また賑（にぎ）わしい年でもあった。かねてから一一月一日を「古典の日」にしようという要望は強かったが、秋にやっと、混迷する終盤国会で全会一致で可決されたのだった。これより毎年一一月一日、古典を読み味わい、古典に触れようとする様々な催しが毎年繰り広げられている。

日本最古の歴史書『古事記（こじき）』はこの年、成立千三百年を迎えた。出雲大社（いずもたいしゃ）のある島根県では県をあげて、数々の祝賀行事が執りおこなわれた。

また、鴨長明作の『方丈記』もこの年が成立八百年にあたっていた。鴨長明が生まれた京都の下鴨神社では展覧会、講演会、コンサートと盛りだくさんの企画が執りおこなわれ、広く人気を博した。とりわけ、前年三月一一日の東日本大震災の影響も大きかったのであろう、災害を直叙した日本最初の災害文学として、『方丈記』は、大いに注目されたのだった。

作者の鴨長明は五十歳の頃、出家し遁世した。当時の五十歳は今で言えば、ちょうど六十五歳前後の年頃。現代のサラリーマンが定年を迎え、退職し、第二の人生を始めるのとちょっと似ている。出家後、彼は京都の南、日野という

下鴨神社

復原された方丈の庵

所に方丈の庵を作って住んだ。方丈とは、一丈（約三メートル）四方、およそ四畳半から五畳程度の広さである。この庵の中で執筆したことから『方丈記』という書名になったのだ。

下鴨神社の境内の一角に、この方丈の庵が実物大で復原されている。簡素ではあるが、なかなか落ち着きを感じさせる。近隣の菓子匠がこれを模して方丈庵という菓子を売り出した。中のクッキーが美味しい。

一口旅案内　下鴨神社●JR京都駅からバスで30分、「下鴨神社前」下車

ゆく河の流れ——『方丈記』より

〈P144は原文、P145は対応する現代文〉

ゆく河の流れは絶えずして、しかももとの水にあらず。よどみに浮ぶうたかたは、かつ消え、かつ結びて、久しくとどまりたるためしなし。世の中にある人と栖と、またかくのごとし。たましきの都のうちに棟を並べ、甍を争へる高き賤しき人の住ひは、世々を経て尽きせぬものなれど、これをまことかと尋ぬれば、昔ありし家は稀なり。或は去年焼けて、今年作れり。或は大家ほろびて小家となる。住む人もこれに同じ。所も変らず、人も多かれど、いにしへ見し人は、二三十人が中にわづかにひとりふたりなり。朝に死に夕に生るるならひ、ただ水の泡にぞ似たりける。知らず、生れ死ぬる人いづかたより来りて、いづかたへか去る。また知らず、仮の宿り、誰がためにか心を悩まし、何によりてか目を喜ばしむる。その主と栖と無常を争ふさま、いはば朝顔の露に異ならず。或は露落ちて、花残れり。残るといへども、朝日に枯れぬ。或は花しぼみて、露なほ消えず。消えずといへども、夕を待つ事なし。

流れゆく河の流れは、絶えることはなくて、しかも、もとの水では決してない。河のよどみに浮かぶ水の泡は、一方で消えたかと思うと一方で生まれ、永くとどまるということはない。世の中にある人も住まいも、またこれと同じだ。玉を敷きつめたような美しい都で、棟を較べ合い甍を競い合った、身分の高い、あるいは賤しい人の住まいは、何代たっても不朽であるはずなのに、これを本当かと尋ね歩くと、昔あった家はほとんど残ってない。ある所では去年焼けて、今年新造し、ある所では大きな家は滅びてなくなり、小さな家となっている。住む人もこれと同じだ。場所も同じ、人の数も多い。しかし昔に顔を見た人は、二、三十人がうち、わずか一人、二人である。一人が朝に死に、一人が夕に生まれるというこの世のならわしは、ちょうど水の泡と似ている。私にはわからない。生まれたり死んだりする人は、どこからやって来て、どこへ去っていくのだろうか。また私にはわからない。仮の宿りのようなはかない家のことで、いったい誰のために心を悩まそうというのか。家の何を見て目を楽しませようというのか。家の持ち主と家とが、無常を争うかのように消えていく姿は、いわば朝顔の花の露と同じだ。ある時は露が先に落ちて、花が残る。残るといっても、朝日に当たって枯れてゆく。またある時は花が先にしぼみ、露がまだ消えずに残る。残るといっても、夕方まで残ることはない。

40 人の枯れない景色
——東京・東京ステーションホテル

二〇一二（平成二四）年一〇月、東京駅の丸の内駅舎の復原工事が完了した。東京駅が誕生したのは一九一四（大正三）年、およそ百年余り前のことである。赤レンガ造り三階建て、中央に皇室専用の乗降口、右に乗車口（現南口）、左に降車口（現北口）を設け、その上部にドームがのるという壮麗なものだった。設計は近代の日本建築の巨匠、辰野金吾（たつのきんご）が担当した。

駅舎は一九二三（大正一二）年の関東大震災でも被害微少ですんだほどの堅（けん）

東京ステーションホテル
（東京都千代田区）

ドームの八角屋根の内側

牢（ろう）さを誇ったのであったが、一九四五（昭和二〇）年の米軍の爆撃で炎上、ドーム部分も大破した。しかし、東京駅の存在は欠かせなかった。緊急の修復工事が行われ、翌々年にはドームは八角屋根と形を変えた。その姿は長く続き、その間には国の重要文化財にも指定された。そして、二〇〇七（平成一九）年から当初の駅舎の形に戻す復原工事が始まり、二〇一二（平成二四）年、めでたく完成したのであった。

　いにしえの形に復原されたのは駅舎の姿だけで

はない。駅舎内部にあった名門ホテル、東京ステーションホテルも元の姿で復活した。ドーム側の客室からはドーム屋根の骨組みやレリーフを近くに見ることができる。かつて川端康成はここに投宿し、長編小説『女であること』を執筆した。大阪から家出してきた三浦さかえは「ステエション・ホテル」にいた。彼女の部屋を訪ねた佐山市子は驚いた。さかえが開けた窓の金網から、乗車口が真下にながめられる。改札口をひっきりなしに人の出入りするのが、正面に見える。

「ながめても、ながめても、見あきィ
しまへんね。一日じゅう、にぎやかに、
人が動いてるさかい……。」

この光景は今もながめることができる。

一口旅案内　東京ステーションホテル●JR東京駅
丸の内南口改札から南ドーム内直結

東京駅

41 若者たちの遺書
――鹿児島・知覧

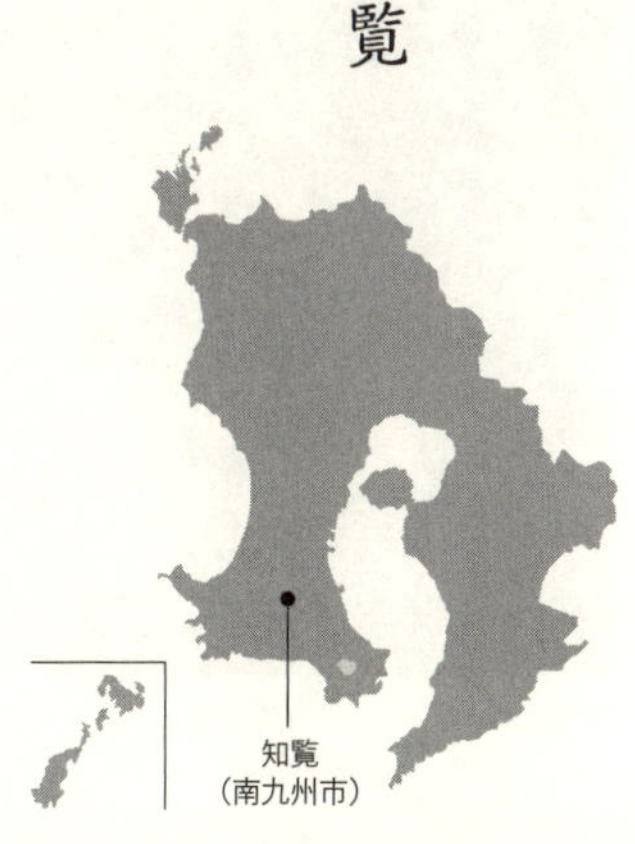

鹿児島県南九州市といってもピンとくる人は少ないだろう。今回取り上げたいのは知覧(ちらん)町。こちらの名前の方が断然通りがいい。知覧茶の名で全国的に知られている。鹿児島駅からバスで一時間余り。かつては知覧線という列車が通っていたが、一九六五（昭和四〇）年に廃止となった。

知覧の名を有名にしているのは茶ばかりではない。江戸時代の中頃につくられた町並みが実に美しい。もともとは、薩摩(さつま)藩の外城(とじょう)として整備されたもので、今も武家屋敷群がそのまま残る。道の両側はがっちりとした重厚な石垣で固められ、その上部には、イヌマキの大刈込みが見事に広がる。武家屋敷は七つ公開されており、標高五一七メートルの母ケ岳を借景とした庭園は南国の明るさと力強さを感じさせる。さすが薩摩の小京都といわれるだけあって、その水準は高く、現在では重要伝統的建造物群保存地区に指定されている。

この武家屋敷群から少し行った

知覧の武家屋敷通り

ところにあるのが陸軍特攻隊の出撃基地、知覧飛行場である。太平洋戦争末期、敗色濃厚だった日本軍は飛行機に乗ったまま敵艦に体当たりするという捨て身の戦術をとる。全国から招集された二十歳前後の若者たちは知覧基地に集められ、簡単な訓練をうけた後、次々と南の空へ飛び立っていった。飛行機は帰りの燃料を積んでいない。生還することを考えていなかったのである。彼らは出撃前夜、暗い三角兵舎の中で、両親、兄弟に宛てた遺書を書いた。

　生（うま）れて二十年御両親様の慈愛深き御養育を受け何の御恩返しも出来ず親不幸をお詫（わ）び致（いた）します。

これを書いた山元正巳（やまもとまさみ）はまだ十九歳。一九四五（昭和二〇）年四月三日に散華（さんげ）した。

美しい知覧の町は戦争の痛々しさもあわせもつ。

一口旅案内　知覧特攻平和会館●JR喜入駅からバスで30分、「特攻観音入口」下車徒歩5分

42 白い湯煙と赤銅御殿
——大分・別府温泉

湯の町別府（べっぷ）の風景はなんといっても市内各所から立ちのぼる真っ白い湯煙であろう。時にはまっすぐ、時には横に立ちなびき、いかにも温泉地という雰囲気だ。近づいて写真を撮っていると、あたりは硫黄の臭い、風下にいるとアッという間に湯煙に取り囲まれ、さながら霧の中に立っているかのようになる。別府八湯（はっとう）といわれ、なかでも鉄輪（かんなわ）温泉は激しい噴気、熱泥、熱湯が有名で「地獄」とも呼ばれている。そのうちいくつかは古代の『豊後国風土記（ぶんごのくにふどき）』にも記さ

れているから驚きだ。

美貌の女流歌人、柳原白蓮（やなぎはらびゃくれん）は別府と縁が深い。華族に生まれ、十六歳で結婚、やがて離婚、二十七歳の時、二十五歳年上の九州の炭鉱王、伊藤伝右衛門（いとうでんえもん）と再婚する。伝右衛門が建てた別府の別荘に白蓮はしばしば逗留（とうりゅう）した。五千坪という広大な敷地に屋根は銅板、家具は京都から取り寄せ、扉には著名な画伯によって絵が描かれるという豪華な造りで、赤銅御殿（あかがねごてん）と呼ばれていた。ここで白蓮は短歌の創作に励み、竹久夢二（たけひさゆめじ）や九条武子（くじょうたけこ）ら数々の文化人と交流の日々を送っていた。高貴な血筋とその美貌、華やかな生活ぶりから筑紫（つくし）の女王と呼ばれていた。

白蓮、三十四歳の時、宮崎龍介（みやざきりゅうすけ）なる若者が訪ねてきた。宮崎は東大法学部の学生で、白蓮より七歳年下であった。二人はいつしか愛し合うようになり、白蓮の上京の折、失踪（しっそう）、宮崎と駆け落ちをした。白蓮三十六歳の時のことである。世に言う白蓮事件である。

その後、伝右衛門とは離婚が成立、白蓮は宮崎と再々婚した。白蓮は別府の白い湯煙と別府の青い海を見ながら何を思っていたのか。赤銅御殿は一九七九(昭和五四)年解体され、今はその場所に白蓮の歌碑が建っている。

一口旅案内　別府温泉●ＪＲ別府駅から徒歩５分

別府温泉の湯煙

43 さからわぬ橋

――高知・沈下橋

高知県南西部を流れる四万十川(しまんとがわ)は日本最後の清流としてよく知られている。県中部の山地に発した川は多くの支流を合わせ、山間(やまあい)を蛇行しながら太平洋へと流れ込む。全長一九六キロ。四国一の長流だ。

高知県に生まれ、育った小説家、上林暁(かんばやしあかつき)は、四万十川の風景をこよなく愛していた。故郷近くの中村市(なかむらし)(現四万十市)内の公園には、

四万十川の
青き流れを
忘れめや

と刻まれた彼の文学碑が建っている。

しかし、一方、四万十川は暴れ河でもあった。川は毎年のように氾濫（はんらん）を繰り返し、町全体が出水（しゅっすい）に囲まれ、孤城のようになることもしばしばであった。当然、川をはさんでの交通は途絶する。なんとかならないものか。そこで考案されたのが沈下（ちんか）

沈下橋

橋という橋である。沈下橋の特徴は、欄干（らんかん）のないことである。沈下橋は高さの低い橋で、低水時は橋として使えるが、増水時は水中に没してしまう。沈下してしまうのである。その時、流木や土石で橋が破壊されないよう、欄干や手摺（す）りをあえて設けていないのである。

今、四万十川には四十を超える沈下橋が架かっている。いずれの橋も幅二〜四メートル。結構狭い。橋の上に立っているとちょっとこわい。転落事故もあるそうだ。地元の運転手なのか、この橋を猛スピードで通過していく車がある。うまいものだ。

夏休みにもなると、子供たちはこの沈下橋から川に飛び込み、四万十川で泳ぐのが最高の楽しみだという。来年の夏もまた、どの橋にも河童（かっぱ）たちのにぎやかな声があふれていることだろう。

一口旅案内　為松公園（中村城跡）●土佐くろしお鉄道中村線・中村駅からバスで15分、「中村高校前」下車徒歩15分

44　弁慶が持ち上げた岩

――富山・雨晴海岸

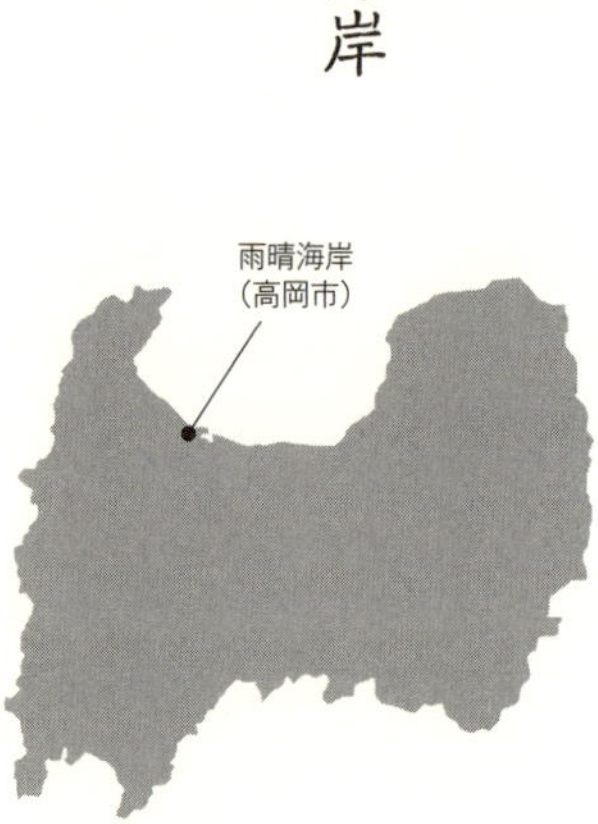

雨晴海岸
（高岡市）

一一八七（文治三）年源義経は兄頼朝の嫌疑を受け、京都を脱出、奥州平泉の藤原秀衡を頼って、北陸道を落ちのびた。琵琶湖を船で渡り、安宅の関をすり抜け、ようやく越中国（富山県）までたどり着いた。一行は諸国行脚の山伏姿に変じているものの、周囲の警戒の眼は厳しく、いくども露顕の危機があった。

旅の苦難はそれだけではなかった。北陸道の厳しい天候は容赦なく義経主従を難儀させた。能登半島の氷見では、突然のにわか雨に見舞われた。周囲には雨宿りする場所がない。そこで弁慶が大力を発揮し、岩を持ち上げ、その下に全員が待避し、雨が上がるのを祈ったというのである。そんなことから一帯は雨晴海岸と呼ばれ、弁慶が持ち上げたとされる巨石が今も海岸近くにあり、義経岩として残っている。

付近一帯の海岸は風光の美しさでも知られている。日本海の荒波に洗われた奇岩奇石に恵まれ、遠くには三千メートルを超える立山の雄峰を望むことができ、日本の渚百選にも選ばれている。

義経を祀る義経社

万葉歌人の大伴家持は越中守在任中、越中の風景を愛してたびたび、雨晴海岸を訪れていた。当時は「渋谿の荒磯」と言われており、

渋谿の崎の荒磯（ありそ）に
朝なぎに寄する白波
夕なぎに満ち来る潮の
いや増しに絶ゆることなく
（『万葉集（まんようしゅう）』）

と、その風景を歌っている。青い海原、打ち寄せる白波、黒々とした奇岩、遠くには立山連峰。その景色は今も変わっていない。

一口旅案内　雨晴海岸●ＪＲ氷見線・雨晴駅から徒歩５分

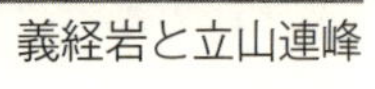

義経岩と立山連峰

45 竜宮城からの帰還
――宮崎・青島神社

青島神社
（宮崎市）

　宮崎県の一、二月の平均気温は八度前後、東京地方と較（くら）べて二度ほど高い。海は青く、街にはフェニックスの並木が続く。南国の陽光は明るく、何よりも暖かい。巨人軍をはじめとするプロ野球の多くの球団がキャンプを張るのもうべなるかなである。

　宮崎市内から南へ約二十キロ、海の中にぽっかりと浮かんでいる島がある。青島（あおしま）である。周囲一・五キロほどの小さな島である。古くから神の島として信

青島全景

仰されており、江戸時代までは入島禁止であった。島の周りは「鬼の洗濯板」と呼ばれる波状形の奇岩で囲まれており、国の天然記念物に指定されている。島内には熱帯性、亜熱帯性の植物が多数群生し、なかでもビロウの大群落は見事で、これまた特別天然記念物。中に入っていくと、日本とは思えないような南国の雰囲気がある。ちょっと熱帯のジャングルの中にいるような錯覚におそわれる。

島の中央に鎮座するのが青島神社。御祭神は彦火火出見命（ひこほほでみのみこと）ら三柱（はしら）。彦火火出見命は普通、山幸彦（やまさちひこ）の名で親しまれている。『古事記（こじき）』や『日本書紀（にほんしょき）』によると、山幸彦は兄の海幸彦（うみさちひこ）から釣針を借り受け、漁に出るが、一匹も釣れない。釣れないどころか、兄の大切な釣針を海の中に落としてしまった。釣針の返却を責められた山幸彦は海中の竜宮城まで探しに行く。そこで三年、海神の娘、豊玉姫命（とよたまひめのみこと）と結婚、鯛（たい）の口中にあった釣針も無事手に入れ、帰ってきた。昔話の浦島太郎原話とも言われている。

毎年、成人の日、青島神社で催行（さいこう）される「裸まいり」。山幸彦が竜宮から還幸された時、近在の人々は衣類をまとう時間がなく裸でお迎えしたという故事にちなむ。南国宮崎は今も神話が息づく土地なのである。

一口旅案内　青島神社●JR日南線・青島駅から徒歩15分

青島と鬼の洗濯板

山幸彦――『日本書紀』より

〈P164は原文、P165は対応する現代文〉

「客は是誰者ぞ。何の以にかここに至でませる」とまをす。火火出見尊対へて曰はく、「吾は是天神の孫なり」とのたまふ。すなはち遂に来意を言ふ。時に海神迎へ拝み延入れまつり、慇懃に慰へ奉り、因りて女豊玉姫を以ちて妻せまつる。故、海宮に留住りたまふこと、已に三載を経ぬ。

この後に火火出見尊、数歎息きますこと有り。豊玉姫問ひて曰さく、「天孫、豈し故郷に還らむと欲すか」とまをす。対へて曰はく、「然なり」とのたまふ。豊玉姫すなはち父神に白して曰さく、「ここに在します貴客、意に上国に還らむと望欲せり」とまをす。海神ここに海魚を総集へ、其の鉤を覓問ふ。一の魚有り。対へて曰さく、「赤女久しく口疾有り。或に云はく、赤鯛といふ。疑はくは是が呑めるか」とまをす。故、即ち赤女を召し、その口を見れば、鉤なほし口に在り。便ちこれを得て、すなはち彦火火出見尊に授る。（中略）ここに火火出見尊を大鰐に乗せて、本郷に送致りまつる。

（海の国の者が）「御客人はどなたですか。どうしてここにおいでになったのですか」と申し上げる。火火出見尊(ほほでみのみこと)は答えて「私は天(あま)つ神の子孫です」とおっしゃる。失(な)くしてしまった兄の釣針を探しに来たとおっしゃった。その時、海(わた)つ神は謹んでお迎えし、心を尽くしてお仕え申し上げた。そして娘の豊玉姫を妻として差し上げた。こうして火火出見尊(ほほでみのみこと)は海(わたつみ)の宮に滞在されて、はや三年が経った。

その後、火火出見尊(ほほでみのみこと)は、しばしば嘆かれるようになった。「天孫様はもしかして故郷にお帰りになりたいのではありませんか」と妻の豊玉姫がお尋ねすると、「そうだ」と答えられた。そこで豊玉姫は父の海(わた)つ神に申し上げて「ここにいらっしゃる貴い客人は、故郷に帰りたいとお思いです」と申し上げた。海(わた)つ神はそこで海の魚を全て集めて、火火出見尊(ほほでみのみこと)が探し求める釣針を知らないかと尋ねた。ある魚がいて、「赤女(あかめ)がずいぶん前から口を患っています。あるいは赤鯛ともいう。もしかして、これが針を呑(の)んでいるのでは」と申し上げる。そこですぐに赤女(あかめ)を呼び、その口を見たところ、釣針がやはり口にあった。そこでこれを取り出し、これを彦火火出見尊(ひこほほでみのみこと)にお渡しした。（中略）そして、火火出見尊(ほほでみのみこと)を大鰐(わに)に載せて、故郷にお送り申し上げた。

46 阿波の狸合戦

——徳島・金長大明神

一八三七（天保八）年、阿波（徳島県）の小松島に金長という狸が棲んでいた。ある時、金長は子供たちにいじめられていたが、通りかかった染物屋の茂右衛門によって助けられた。金長はそれを恩義に思い、染物屋繁昌の守り神となることを心に誓った。そのため金長はさらなる験力を高めようと、四国狸の総大将、六右衛門狸に入門、弟子となった。金長はめきめきと頭角をあらわし、六右衛門は自分の跡継ぎにしようと思った。しかし、金長は自分がいま

だ修行の身であること、染物屋への恩義をはたしていないということで、それを断り、六右衛門のもとを去った。六右衛門側はこの先、金長が脅威となると思って、兵を集め金長を亡き者にしようとした。金長側もこれに応戦、両軍は勝浦川（かつうら）をはさんで対峙（たいじ）、三日三晩、激戦が続いた。川原は無数の狸の死体で埋め尽くされ、六右衛門狸は討ち死に、金長狸は深傷（ふかで）を負い、それがもとで絶命した。それを悼んだ染物屋の茂右衛門は、金長大明神として祀（まつ）り、そのあとを弔ったという。

徳島県に伝わる民話『阿波狸合戦』である。早くから何度も映画化され、よく知られている。スタジオジブリの『平成狸合戦ぽんぽこ』にも六代目の金長狸が合戦の指南役として登場する。

四国ではタヌキは大人気、なかでも小松島市内には金長大明神が祀られ、タヌキの置き物が各所に置かれ、総数は八十を超える。最も有名なのがたぬき広場のタヌキの銅像で五メートルの高さがある。人々のタヌキへの愛着が伝わってきて微笑(ほほえ)ましい。
弘法大師(こうぼうだいし)が四国八十八か所霊場を開いたのは八一四年、千二百年がたつ。お遍路の途中、タヌキに会うという福運に恵まれるかもしれない。

一口旅案内　たぬき広場●ＪＲ牟岐線・南小松島駅から徒歩15分

たぬき広場の金長の銅像

47　明治・大正の残る町並み

——栃木・巴波川

蔵の街というと岡山県の倉敷(くらしき)や埼玉県の川越(かわごえ)がすぐに思い浮かぶところだろう。しかし、栃木県の栃木市を忘れてはならない。市内の中央を巴波(うずま)川という川が静かに流れ、その岸辺に黒塀と白壁の土蔵が並び建つ。なかでも塚田(つかだ)家(塚田歴史伝説館)はその壮大さは随一、均整のとれたたたずまいは見事で、見る者の目を引きつけて放さない。栃木市で少女時代をすごした吉屋信子は、

　この町の中を巴波川といふ河が流れていた。その水の流れがこの小さな

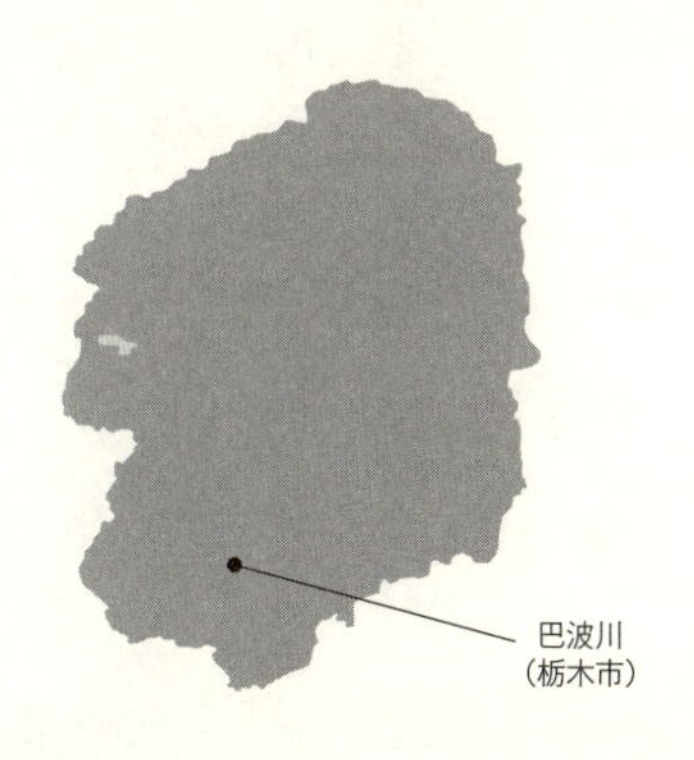

さびしい地方町に、うるほひと風情を与へていた。
河岸の白壁づくりの倉庫、その脇の河の石段を降りて洗ひものをする人……のどかな風景だつた。（『栃木　おもいでの町』）

と書き綴（つづ）っている。この風景は今も基本的に変わっていない。

そもそも栃木市は巴波川の舟運（しゅううん）で栄えた町であった。日光例幣使（れいへいし）街道の道中にあたっていることから殷賑（いんしん）を極め、一八八三（明治一六）年宇都宮（うつのみや）に県庁が移るまでは県都でもあった。そんなことから、市内には蔵造りの建物のほか、明治大正期に建てられた木造洋風建築も数多く残されている。旧栃木町役場、栃木高校記念館、栃木病院など、その中には国の登録有形文化財に登録されているものもある。栃木病院の建物などは現役の病院施設として現在も活用されているというから驚きだ。

川と土蔵と古建築。過度に観光化されていないところがまたいい。高層のビルやマンションに囲まれてしまっている現代人にやすらぎを与えてくれるオアシスみたいな町だ。現代社会がどこかに置き忘れてきてしまった何かが、この町にはある。一日ゆっくりと散策したい町である。

一口旅案内
塚田歴史伝説館●JR、東武日光線・栃木駅から徒歩10分

巴波川と塚田家

48 シュガーロード
――佐賀・長崎街道

東京の目黒でおこった殺人事件。犯人を追う刑事二人は九州のS市に飛ぶ。S市には犯人の昔の恋人が住んでいる。刑事は女の家近くに張り込み、犯人逮捕にこぎつける。

松本清張（まつもとせいちょう）の推理小説『張込み（はりこ）』である。S市は原作では「電車もない田舎の静かな小都市である。堀がいくつも町を流れている」とあって、現在の佐賀市のことと推定されている。今の佐賀市もそのたたずまいはあまり変わってい

シュガーロード（長崎街道）

ない。松原川をはじめとして、幾筋もの水路（クリーク）が市中を縦横に流れ、人々に安らぎと落ち着きを与えてくれる。佐賀市はこぢんまりとしているが、品の良い町だ。

　市内の中央を東西に走るのが長崎街道。長崎と小倉を結ぶ。街道沿いには旧古賀銀行、旧三省銀行、旧牛島家など江戸から明治大正にかけての建造物が立ち並び、古街道の風情を今にたっぷりとのこしている。

　長崎街道の別名はシュガーロード。長崎に伝えられた砂糖はかつては大変に高価な貴重品で、その砂糖を使って様々な菓子文化が佐賀に華開いた。有名な丸芳露、小城羊羹、幻の南蛮菓子のケシアド、かつて結婚式などでよく出されていた砂糖菓子の寿賀鯛、見ているだけでもおいしさが口の中に広がってくるような感じがする。

江崎グリコの創業者江崎利一、森永製菓の創業者森永太一郎はともに佐賀県の出身者である。市内にある菓子工場の近くを歩いているとなんとなく甘い香りが漂ってくる。町の人に聞くと佐賀の人はみんなお菓子が大好きだという。心なしか通りすがりの女性陣が丸顔、ふくよかで、ポッチャリして見えるのは、そのせいなのであろうか。佐賀の女はみんな優しく親切だった。

一口旅案内　旧三省銀行●ＪＲ佐賀駅からバスで６分、「呉服元町」下車徒歩３分

49 被爆のマリア

――長崎・大浦天主堂

「私達ノ心アナタト同ジ。サンタマリアノ像ハドコ？」

フランス人宣教師プチジャンに初老の婦人が近づいて来て、耳元でささやいた。プチジャンは驚いた。待ちに待ったキリシタンの信者が現れたのだった。

長崎の大浦（おおうら）天主堂は一八六四（元治（げんじ）元）年に完成した。二百五十年間、隠れキリシタンたちはひそかに信仰を守ってきた。天主堂でプチジャンは待っていた。そして完成の翌年の三月、彼らはついにやって来た。世に謂（い）う「信徒発見」、

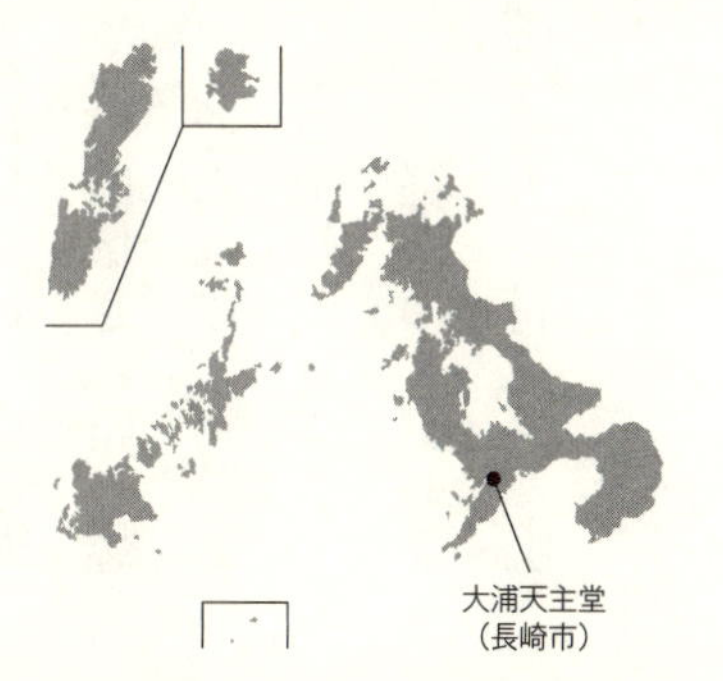

「キリシタン復活」である。これを機に、公然と信仰表明が続き、その勢いを恐れた明治新政府は三千名を超えるキリスト教徒を弾圧、多くの犠牲者を生んだ。史上有名な「浦上（うらかみ）四番崩れ」である。

そんな歴史の発端や舞台となった大浦天主堂ではあるが、その立ち姿は本当に美しい。崇高ささえたたえている。内部のステンドグラスは淡い優しい光を堂内奥深くまで届ける。人々はフランス寺と呼んでいたという。

そんな異国情緒にあふれる長崎に一九四五（昭和二〇）年八月九日、原爆が投下された。犠牲者十五万人、市街地の三分の一が一瞬にして破壊された。爆心地近くの浦上天主堂は爆風と熱線で焼失全壊した。しかしそんな中、奇跡もあった。瓦礫（がれき）の中から堂内の祭壇に安置されていたマリア像の頭部が見つかった。被爆マリア像として祈りに訪れる人は絶えることがない。鐘楼のアンゼラス（エンゼル）の鐘もほとんど無傷で発見された。この鐘は今も一日三回、鳴り響く。医者であり、自らも被爆者であった永井（ながい）隆（たかし）博士が

新しき朝の光のさしそむる荒野（あれの）にひびけ長崎の鐘

と詠（うた）った鐘である。来年もまた、原爆忌がおとずれる。合掌。

一口旅案内　大浦天主堂●長崎電気軌道（路面電車）・大浦天主堂電停から徒歩5分

大浦天主堂

50 最上河のぼれば下る稲舟の
――山形・最上川

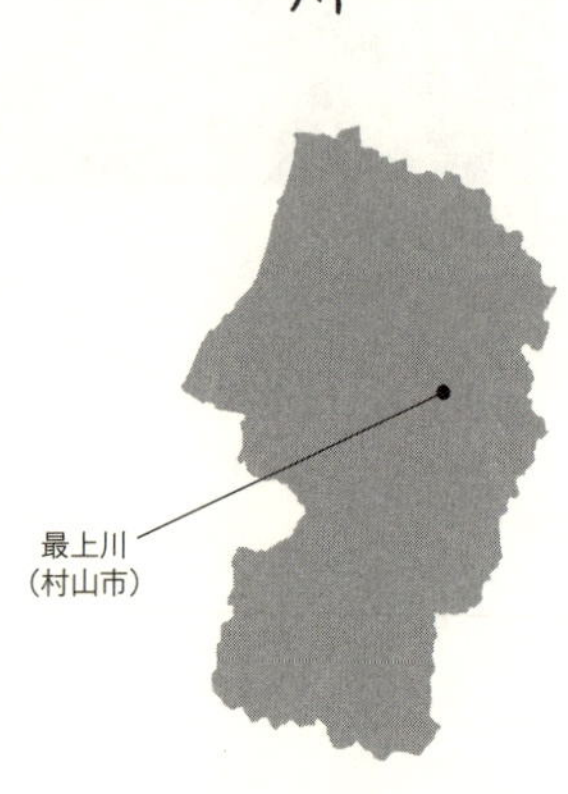

最上川は陸奥より出でて、山形を水上とす。碁点、隼などいふ恐ろしき難所あり。（『奥の細道』）

最上川は球磨川、富士川と並んで日本三大急流である。芭蕉のあげる「碁点」は岩礁が碁石のように突き出し、「隼」は早く激しい急流。さらに長い岩礁が縦に列をなす「三ケ瀬」という難所もある。地元では最上川三難所として恐れられ、幾多の水難事故もおこった。

最上川の急流

五月雨をあつめて早し最上川

の芭蕉の句はあまりにも有名だが、他にも

ずんずんと夏を流すや最上川
正岡子規（まさおかしき）

最上川逆白波（さかしらなみ）のたつまでに
ふぶくゆふべとなりにけるかも
斎藤茂吉（さいとうもきち）

など、その急流を歌ったものは数多い。

だが最上川は水運の大動脈でもあった。米や大豆などの穀類、青苧（あおそ）、そして紅花。名産品とよばれるこれらの農産物が最上川の川舟を使って酒田まで運ばれ、さらに北前船の西廻り航路で京、大坂へと廻送され、高値で取引された。とくに紅花は大変な人気で「紅花大尽」といった人物があらわれるほどで、流域の人や町に巨万の富をもたらした。まさに最上川は「母なる川」であったのだ。

最上川の舟運の歴史は古い。

最上河のぼれば下る稲舟のいなにはあらずこの月ばかり

平安時代の『古今和歌集』に載る歌で、「最上川を稲を積んで上ったり下ったりする稲舟の否ではありませんが、この一か月だけは待ってください」というのが歌意。稲舟を叙景したこの歌、みちのくの女の情が伝わってくる。しかし女がなぜ「一か月はダメ」といったのか、その理由は謎だ。

一口旅案内　碁点温泉●JR奥羽本線・村山駅からバスで10分、「碁点」下車徒歩5分

51 小野小町の息づく町

——秋田・岩屋堂

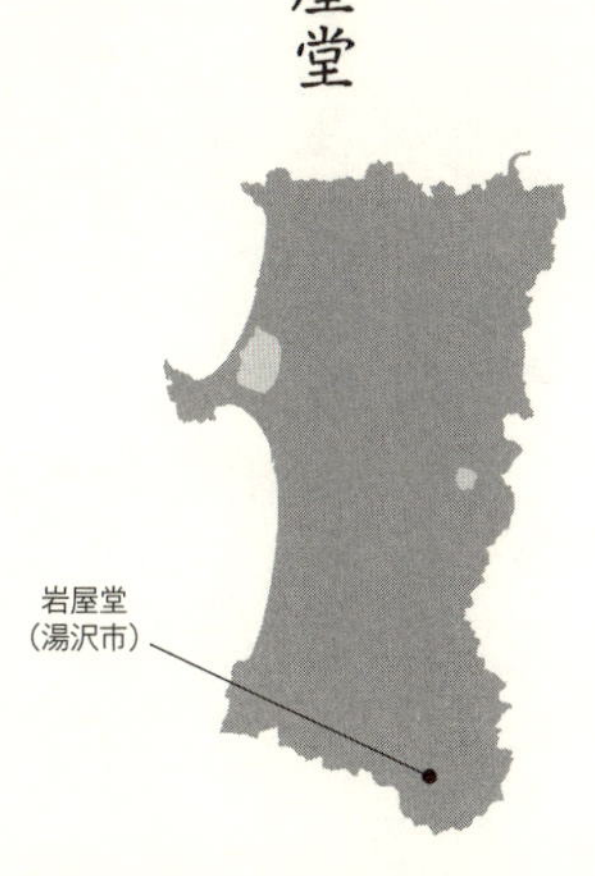

新幹線の「こまち号」、お米の「あきたこまち」。小町の名前を採ったものは数多い。最近では建設現場への女性の進出が増加、「土木女子（ドボジョ）」と呼ばれていたが、最近「けんせつ小町」とかわったと聞く。

平安時代の歌人、小野小町は全国に様々な伝説がある。なかでも秋田県はとびぬけて多い。県南部の雄勝町（現湯沢市）に伝わる話は最も有名である。それによると、八〇七（大同二）年、都から小野良実が出羽国の郡司として下っ

岩屋堂

てきた。良実は当地で結婚、生まれたのが小町である。小町は十三歳の時、上京。その美貌と才知で都中の評判となる。その後、彼女は故郷の雄勝に戻る。小町に深く恋い焦がれていた深草少将は小町を追って、雄勝にやってくる。しかし、小町は会ってくれない。小町はいう。「毎夜、芍薬を一株ずつ植えに来なさい。百株になったら、会いましょう」。少将は言われたとおり、芍薬を植える。そして、百本目の夜、いつものように少将は植えに行くが、その夜は大変な豪雨。少将は闇夜の中、足を滑らせ、荒れ狂う川に転落、命を落としてしまった。小町はそれを深く悼み、少将を埋葬する。そして、自分も死後、その傍らに葬むることを望んだ。町内にある二ツ森がその葬地という。

町はずれの山中に岩屋堂（いわやどう）という大きな洞窟がある。最後、小町はこの洞穴に籠り、自像を刻み、九十二歳で亡くなったという。

伝説とはいうものの、なかなかよくできた言い伝えで興味深い。今はなくなってしまったが町中の覚厳院（かくげん）という修験（しゅげん）道場が伝説の流布に大きくかかわっていたらしい。覚厳院は小野小町を始祖とするという。お訪ねすると奥から御婦人が出て来られ、色々と教えて下さった。苗字をうかがうと小野さん。大変に美しいお顔立ちで、小町の生まれ変わりのような方だった。

一口旅案内　岩屋堂●ＪＲ奥羽本線・横堀駅から車で10分

百夜通い――『卒塔婆小町』より

〈P184は原文、P185は対応する現代文〉

シテ〽浄衣(じやうえ)の袴(はかま)かい取つて、

地謡〽浄衣の袴かい取つて、立烏帽子(たてえぼし)を風折(かざを)り、狩衣(かりぎぬ)の袖をうち被(かづ)いて、人目忍ぶの通ひ路の、月にも行く闇にも行く、雨の夜(よ)も風の夜も、木(こ)の葉の時雨(しぐれ)雪深し。

シテ〽軒の玉水(たまみづ)疾(と)く疾くと、

地謡〽行きては帰り、帰りては行き、一夜(ひとよ)二夜(ふたよ)三夜(みよ)四夜(よよ)、七夜(ななよ)八夜(やよ)九夜(ここのよ)、豊(とよ)の明(あかり)の節会(せちゑ)にも、逢(あ)はでぞ通ふ鶏(にはとり)の、時をも変へず暁の、榻(しぢ)のはしがき、百夜(ももよ)までと通(かよ)ひ行(い)て、九十九夜(くじふくよ)になりたり。

シテ〽あら苦(くる)し目まひや、

地謡〽胸苦しやと悲しびて、一夜(ひとよ)を待たで死したりし、深草(ふかくさ)の少将(せうしやう)の、その怨念(をんねん)が憑(つ)き添ひて、かやうに物には狂はするぞや。

シテ（小町に憑いた少将）「白い袴をたくし上げ、」
地謡「白い袴をたくし上げ、烏帽子の先を折り曲げて、衣の袖をかざし着て、人目を忍んで通い路の、月夜も行く、闇夜も行く、雨の夜も、風の夜も、木の葉の時雨、降る夜も、雪の降り積む寒い夜も。」
シテ「軒の雨だれとくとくと、早く早くというように、」
地謡「行きては帰り、帰りては行く。一夜二夜三夜四夜、七夜八夜九夜、また十夜。豊の明の節会にも顔出さず、逢えぬままに通い続け、鶏が時を違えず告げる暁に、榻に数を書きつけて、百夜まではと通い詰め、九十九の夜となる。」
シテ「ああ苦し、目がくらくらとする、」
地謡「ああ、胸苦しいと悲しんで、終わりの一夜を遂げられず、息絶えていった少将の、その怨念が取り憑いて、物狂いにこそなりにけれ。」

52 虹が立つ——モンゴルへの旅(一)

見渡すかぎりの大草原。三六〇度、人工物はない。晴れわたった大空。遠くに山の稜線(りょうせん)が見える。目測だからよく分からないが、少なくとも二、三十キロ、ひょっとすると数十キロ先の山々かもしれない。地球上にまだこんな大自然が残されていたのかと思うと驚きを禁じえない。

モンゴルで驚いたことはまだ他にもある。虹が立つのである。一九七三年八月に初めてモンゴルを訪れた司馬遼太郎(しばりょうたろう)さんも同じ虹を見た。

この虹は弧をなさず、太い柱のように、草原のむこうで、ずぼんと突っ立っていた。(『モンゴル紀行』)

ゲル（遊牧民の住居）

古代日本語の世界では虹は「かかる」のではなく、「立つ」と表現していた。なぜそう言っていたのか、それについては諸説あるが、私は遠くにズドンと立っている虹を見て、そのわけを瞬間的に得心したような気分になった。

もう一つ驚いたことがある。

草原を駆けぬけてきた車から降りた途端、なんとも香しい匂いにつつまれた。一瞬、何の匂いとも分からなかったのだが、足もとに広がる小さな紫色の花が匂っていることに気付いた。

実は司馬さんも同じ匂いにふれてい

る。司馬さんの通訳を務めた女性のお嬢さんが、「よその国の草は匂わない」。だから「モンゴルが世界のどこよりもいい」と言ったと記されている。初めここを読んだ時、あまりよく理解できなかった。草が匂うなんてあるだろうか、どういうことなのだろうかと、ずっと思っていた。しかし、百聞は一見にしかず、モンゴルの大地は匂っていた。ほんのりと甘い、優美な香しい匂いであたり一面は覆われていたのであった。地元ではこの小さな紫色の花をゴビン・ハタンと呼ぶ。意味は「ゴビの妻」ということらしい。

話はとぶが、『源氏物語』の女主人公、紫の上は童女時代、若紫と称されていた。彼女は光源氏の最愛の妻であった。その名の由来は至高の色、紫色の原料となるムラサキ草に因む。ついつい我々はその名前だけに注目し、理解してしまうが、日本の草花もかつては芳香をはなっていたのではないだろうか。「紫草の匂へる妹（あなた）を憎くあらば……」というのは『万葉集』の有名な歌だが、「匂へる」は通常、紫色が美しいと解釈される。しかし、ひょっとすると群生するムラサキ草の香りを万葉人たちはかいでいたのかもしれない。現在の我々はとうにそうした体験はできなくなってきているが、かつての日本ではそれは可能だったのではないか。

モンゴルの大自然にふれていると、いにしえの日本人が自然から享受していた幸せを追体験しているような錯覚にとらわれる。モンゴルの自然には強い喚起力がある。

モンゴルの草原と放牧

53 羊の解体――モンゴルへの旅(二)

『遊牧民は羊を飼い、その肉を食べ、羊毛を取り、皮を剝ぐ。（中略）彼らは非常に上手に羊の皮を剝ぐ。そしてその皮でテントを作り、服を作るのだ。』

村上春樹『ねじまき鳥クロニクル』の一節。羊の皮剝ぎは、草原で遊牧を営む人々にとって、欠かせない生活の技術である。

この技術は今もモンゴルに伝えられている。後ろ向きに引きずり出されてくる一頭の羊。ズルズルと引きずられていく。目は大きく見開かれ、救いを求めようとしている。だが自らに降りかかってくる運命をすでに知っているのだろうか、その目は絶望と諦めの色で覆われている。地面に仰向けに寝かされる。四肢を激しく動かして抵抗する。腹部に開けられた小さな穴から男が手を差し込み、血管を止める。羊は音もなく、力を失い、突っ張った手足はゆっくりと萎えていく。

すぐさま男は解体に取りかかる。一本の小さなナイフで素早く皮を剥ぎ、純白の毛皮を広げて見せる。血は一滴も流さない。手慣れた手つきで内臓、肉を取り出し、解体は終わる。ものの三十分かかっていない。もう神わざに近い。小説の描写は決してオーバーではない。

夕食に羊料理が並んだ。同行のモンゴル人通訳はムシャムシャ食べたが、私はほんの一切れ二切れで十分で、羊の眼（め）がちらつき、食欲はなかった。

遊牧の風景

54 蒼き狼チンギス・ハーン——モンゴルへの旅(三)

——上天より命ありて生まれたる蒼き狼ありき。その妻なる惨白き牝鹿ありき。大いなる湖を渡りて来ぬ。オノン河の源なるブルカン嶽に営盤して生まれたるバタチカンありき。(井上靖『蒼き狼』)

上天より命あって生まれた蒼い狼があった。西方の大湖を渡って来た惨白い牝鹿があった。その二匹の生きものが営盤して生まれたのが、モンゴルの祖バタチカンであった。モンゴルは青き狼の裔である。

古くからモンゴルに伝わる民族神話。蒼き狼の子孫がテムジン。のちのチンギス・ハーンである。チンギス・ハーンは自ら蒼き狼の裔たらんとして、蒙古高原の王者をめざした。一二〇六年、隣国一帯を平定し、全蒙古の王となった。彼は民衆から祝福され、即位式をあげた。日本でいえばちょうど鎌倉幕府が誕生した頃である。

チンギス・ハーン像

チンギス・ハーンはカラコルム（現ハラホリン）に統治の拠点を置き、そこから中央アジア、西夏、金へと外征し、史上最大の陸上帝国を建設したのだった。モンゴルは隆盛を極めた。東西交流は活況を呈し、まさに世界はモンゴル時代と評してもいいくらいであった。

その中心地が首都カラコルム。第五代のフビライ・ハーンが大都（現北京）に都を遷すまで、殷賑を極めた。しかし、その後、徐々に衰退し、今は世界遺産に登録されているエルデニ・ゾーのほかは往時をしのばせるものはほとんどない。エルデニ・ゾーは四百メートル四方の広さをもつ大仏教寺院。真白な一〇八個のストゥーパと頑丈な石造りの外壁で囲われており、大モンゴルの偉容をしのばせる。緑の草原と青い空。ストゥーパの白さがまぶしいくらいだ。「蒼き狼になる」と誓ったチンギス・ハーンのかたい決意が伝わってくる。

エルデニ・ゾーのストゥーパ

55 髑髏と青い花──モンゴルへの旅（四）

　モンゴルは八月が快適だ。日中は三〇度前後にもなるが、夜は気温がぐんと下がり、ゲル（遊牧民の住居）の中では薪ストーブを焚く。カラリと乾いていて、夜空がきれいだ。天の河もよく見える。やはりモンゴルを旅するなら、夏がいい。

　草原の中の一本道を走っていると、時おり、大小様々な石の山を見かける。日本の登山道などによく見られる石子積みとそっくりだ。現地ではオボーと呼ぶ。モンゴルの人は山、川、天に神がいて、神々への手向けであるという。オボーの周りを願いごとを唱えながら三度回ると願いがかなうらしい。

オボー

草原の道には当然ながらトイレはない。用があれば男女を問わず、大自然の中で済ます（女性は傘を持参する必要あり）。小用をもよおしたので車を止め、場所を探す。ふと見ると前方に白い物が見える。近づいて見ると、どうやら羊か野羊（やぎ）の頭蓋骨であった。自然死なのか、餓死なのか、それとも狼（おおかみ）たちの餌食になったのか。頭骨のみが一つころがっていた。骨は白く鮮やかで草の緑によく映える。そのすぐ傍らには青紫の花が美しく咲いていていた。白と緑と花の青。偶然とはいえ、その取り合わせは絶妙であった。

日本の伝説であるが。在原業平（ありわらのなりひら）が旅をしていると、野原の中から歌が聞こえる。不思議に思って辺りを探すと、一つの髑髏（されこうべ）と一群（ひとむれ）のススキ。「秋風の吹くたびごとに穴目穴目（あなめあなめ）小野とはいはじ薄（すすき）生ひけり（秋風が吹くたびにああ目が痛い、目が痛い。）」。髑髏が歌っていたのだった。それは絶世の美女、小野小町（おののこまち）の変わり果てた姿だった。きっと業平が見付けた頭蓋骨もこんなふうであったのだろう。モンゴルの髑髏からも物語が生まれそうであった。

一口旅案内　成田国際空港→チンギスハーン国際空港（約5時間）

白い頭骨と青い花

●初出一覧

- 「日刊建設工業新聞」で連載をした際のタイトルと掲載年月日を一覧にしました。
- 単行本への掲載にあたり、配列、タイトルを見直すとともに、改稿を施しました。
- 本書のp16～17・p30～31・p50～51・p100～101・p108～109・p122～123・p130～131・p144～145・p164～165・p184～185については、今回新たに収載したものです。
- この一覧の通し番号は、本書目次の通し番号に合わせてあります。

1 宇治川の急流　二〇〇八年八月六日
2 逢坂の関の出会い　二〇〇八年九月三日
3 住吉大社の反橋　二〇〇八年十月七日
4 津軽の十三湖　二〇〇八年十一月六日
5 大宮の竹芝寺伝説　二〇〇八年十二月四日
6 出雲大社の本殿　二〇〇九年一月五日
7 諏訪湖の御神渡り　二〇〇九年二月五日
8 東大寺のお水取り　二〇〇九年三月五日
9 小豆島の木造校舎　二〇〇九年四月二日
10 甲斐の猿橋　二〇〇九年六月四日
11 平泉の浄土景観　二〇〇九年五月七日
12 岡崎の矢作橋　二〇〇九年七月二日
13 修禅寺の古面　二〇〇九年九月三日
14 天草の海　二〇〇九年八月六日
15 白河の関の秋　二〇〇九年十月七日
16 小樽の運河　二〇〇九年十一月五日
17 厳島神社の社殿　二〇〇九年十二月二日
18 犬吠埼の初日の出　二〇一〇年一月五日
19 越後の夕照　二〇一〇年二月四日
20 壇之浦の海底トンネル　二〇一〇年三月三日
21 門司港駅の駅舎　二〇一〇年四月八日
22 神島の戦争遺産　二〇一〇年五月六日

23 越前の富士山　二〇一〇年六月三日
24 広瀬川の清流　二〇一〇年七月一日
25 鎌倉の洋風ホテル　二〇一〇年八月五日
26 須磨・明石の名月　二〇一〇年九月八日
27 大垣の住吉灯台　二〇一〇年十月六日
28 前橋の大渡橋　二〇一〇年十二月八日
29 松山の路面電車　二〇一〇年十一月四日
30 和歌の浦の橋二つ　二〇一一年一月五日
31 吉備津神社の御釜　二〇一一年二月三日
32 筑波山の春　二〇一一年三月三日
33 因幡の白兎伝説　二〇一二年四月四日
34 方丈記の大地震　二〇一一年四月六日
35 能登半島の大津波　二〇一二年五月二日
36 沖縄のガマ　二〇一二年六月七日
37 七里の渡し　二〇一二年八月八日
38 陸前高田の一本松　二〇一二年十月三日
39 下鴨神社の方丈の庵　二〇一二年十二月五日
40 東京駅のステエション・ホテル　二〇一三年二月六日

41 知覧の町並と特攻隊　二〇一三年四月四日
42 別府と白蓮事件　二〇一三年六月六日
43 四万十川の沈下橋　二〇一三年八月八日
44 越中の雨晴海岸　二〇一三年十月二日
45 青島神社の裸まいり　二〇一三年十二月五日
46 徳島の狸合戦　二〇一四年二月五日
47 栃木蔵の町　二〇一四年四月三日
48 佐賀のシュガーロード　二〇一四年六月四日
49 長崎の天主堂　二〇一四年八月七日
50 最上川の三難所　二〇一四年十月九日
51 秋田の小野小町伝説　二〇一四年十二月四日
52 モンゴルへの旅(一)——虹が立つ　二〇一五年二月五日
53 モンゴルへの旅(三)——羊の解体　二〇一五年六月二日
54 モンゴルへの旅(二)——ジンギス・ハーン　二〇一五年四月七日
55 モンゴルへの旅(四)——髑髏と青い花　二〇一五年八月四日

小さな名所のてびき 1

◇主な神社仏閣

◇主な神仏

小さな名所のてびき 2

◇主な作品

◇主な作中人物

小さな名所のてびき 3

◇主な人物

おわりに

本書は日刊建設工業新聞に二〇〇八年八月から二〇一五年八月まで「文学気まま旅」というタイトルで五五回連載したものである。月一回掲載を原則にしてはいたが、様々な理由で休載せざるをえないこともあった。そんな私の勝手を編集長の横川貢雄氏は優しく受けとめてくれて、いつも「続きを待っていますから」とお声をかけてくれた。その言葉がどれほど励ましになったか。この場をかりて御礼を申し上げたい。

日本の全国を廻ろうと途中から考え始めた。私の書机には全県の白地図が置いてあり、掲載の終わった県を色鉛筆で塗りつぶすことが何よりも快感だった。まだらまだらに塗られた全県地図をながめながら、次はどこにしよう、どこに行こうかと考えるのも、ちょっとした楽しみであった。初めて訪れた場所はもちろん、曾遊の地であっても、あらたなる発見と新鮮な感動があった。

日本は美しい。どこも美しい。

それが全県を廻った私の率直な印象である。

困難な出版情況のなかで、出版を心よく受けて下さった三省堂の五十嵐伸氏、編集作業に尽力して下さった西村亜希子氏、パソコンが全く出来ない私を見て、写真の整理を買って出てくれた本田逸郎氏、星野奈都子氏に心より深謝申し上げたい。

日本は広い。まだまだ訪ねたい場所は限りなくある。またいつかこうした仕事に携わりたいと思っている。

二〇一八年一〇月　高尾山　山居老人

著者紹介

浅見和彦(あさみ・かずひこ)

1947年生まれ。東京大学文学部卒業。成蹊大学名誉教授。専門は、日本古典文学。地域文化論、景観保護の観点から環境日本学を提唱している。著書に『方丈記』(ちくま学芸文庫)、『発心集』(共著・角川ソフィア文庫)、『東国文化史序説』(岩波書店)、『日本古典文学・旅百景』(NHK出版)、『失われた日本の景観』(共著・緑風出版)など。

日本文学気まま旅　その先の小さな名所へ

2018年12月20日　第1刷発行

著　者　浅見和彦
発行者　株式会社 三省堂　　代表者 北口克彦
印刷者　三省堂印刷株式会社
発行所　株式会社 三省堂
〒101-8371　東京都千代田区神田三崎町二丁目22番14号
電話　編集(03)3230-9411　営業(03)3230-9412
http://www.sanseido.co.jp/

〈日本文学気まま旅・208pp.〉
落丁本・乱丁本はお取り替えいたします。
ISBN978-4-385-36462-9